F. J. Hummel

Pius IX.

Leben und Wirken

F. J. Hummel

Pius IX.
Leben und Wirken

ISBN/EAN: 9783742898821

Hergestellt in Europa, USA, Kanada, Australien, Japan

Cover: Foto ©Raphael Reischuk / pixelio.de

Manufactured and distributed by brebook publishing software
(www.brebook.com)

F. J. Hummel

Pius IX.

Pius IX.

Leben und Wirken

Sr. Heiligkeit des gegenwärtig regierenden Papstes,

von' dessen

Jugend bis auf die Gegenwart

in sehr interessanten historischen Zügen

frei und offen dargestellt

v o n

Ferd. J. Hummel.

WIEN 1863,

In Commission der Mechitharisten-Buchhandlung.

Stadt, Singerstraße.

Großmuth Pius IX.

Die Großmuth Sr. Heiligkeit, des jetzigen Papstes ist allbekannt. Schon seit jeher suchte Pius IX. im Verzeihen fremder Schuld seine Freude. Wir könnten zum Belege dessen viele und darunter höchst rührende Fälle erzählen, allein es wird wohl dem freundlichen Leser zum Beweise hiefür das eine nachstehende Beispiel hinreichend genügen, da es eben in großartigster Weise von der liebevollen Sanftmuth und Güte des Oberhauptes der Kirche Christi offenes Zeugniß gibt.

Es war eben in diesen Revolutions = Jahren, daß sich ein Mann von bösen, aufrührischen Menschen mißbrauchen ließ zur Verbreitung von Schmähschriften gegen den Papst und die Religion. Eine dieser Schmähschriften — welche wie alle übrigen von glaubens= und sittenlosen Menschen verfaßt, heimlicher Weise unter das Volk ausgestreut werden sollte — führte den Titel: „Geschichte Pius IX., des eingeschobenen Papstes, des Feindes der Religion, des Hauptes des jungen Italiens." Der Inhalt, den der geehrte Leser wohl aus dem Titel schon entnehmen kann, war voll der gröbsten Verleum= dung und Lüge gegen den Papst und die Kirche. In dunkler Nachtszeit nun suchte dieser Mann unbemerkt derlei Schmäh= schriften auf den Plätzen und Straßen Rom's auszustreuen, oder sie auch auf dem Lande in die Hofräume und auf die Thürschwellen der Häuser zu legen. Alle Gutgesinnten ärger= ten sich über eine solche entsetzliche Beleidigung des Ober= hauptes der Kirche Christi und prophezeiten ihm, wenn er einmal entdeckt werden soll, den Tod. Und richtig — eines Tages wurde er von der Polizei ertappt, gefangen genommen und in den Kerker geführt.

Als der Papst erfuhr, daß dieser Mensch verhaftet worden sei, ließ er ihn zu sich rufen. — und was sprach er zu ihm? Er stellte ihm in Güte über sein Verbrechen zur Rede, und sagte zum Schlusse: „Da Ihr Fehltritt nur mich berührt, so verzeihe ich Ihnen."

Gerührt von dieser großmüthigen Handlung, dieser edlen Feindesliebe, warf sich jener schuldige Mensch weinend zu den Füßen des Papstes, und entschuldigte sich, daß er diese Schriften nicht selbst verfaßt, aber nun die eigentlichen Verfasser dieser Schmähschrift Sr. Heiligkeit nennen wolle.

„Nein, nein," sagte darauf der Papst, „ich brauche ihre Namen nicht zu wissen, möge ihre Schuld unbekannt bleiben, und Reue über ihre Sünden ihr Herz rühren."

Wahrlich, eine solche Feindesliebe zeigt nicht nur von der erhabenen Großmuth und dem Edelmuthe Pius IX., sondern ist auch wahrhaft rührend! —

2.

Bewunderungswürdige Freigebigkeit Pius IX.

Aus Rom wird unterm 15. Mai 1858 geschrieben: Es gibt Liebeswerke, deren Name schon hinreicht, um katholische Herzen mit Freude und Begeisterung zu erfüllen; ein solches Liebeswerk ist gewiß auch der in Frankreich, Belgien, Italien, Deutschland, Österreich (in Wien, Linz ꝛc.) und vielen anderen Ländern verbreitete Verein für den Unterhalt armer Kirchen. Dieser Verein entstand vor mehreren Jahren in Chambery in Savoyen, also im Mittelpunkte eines Erzbisthums, das ausschließlich nicht nur aus armen, sondern auch meist des allernothwendigsten entbehrenden Pfarreien besteht. Da bildete sich im Hause der Nonnen von Sacre=Coeur eine Gesellschaft von Frauen und Jungfrauen, welche, von wahrhaft apostolischem Eifer und von einer ebenso lebendigen, als erfinderischen Liebe beseelt, es so weit brachten, daß sie alljährlich ihrem Oberhirten, dem hochwürdigsten Herrn Erzbischof Billet von Chambery, eine ansehnliche Menge von kirchlichen Geräthschaften, Weißzeug, Blumen, zuweilen auch kirchliche Gefäße darbringen konnten. Der Gedanke fand rasche Verbreitung, und an sehr vielen Orten in und außerhalb Italiens bestehen nunmehr solche wohlthätige Frauen=Vereine. Unlängst ist deren Streben nun von Seiten Sr. Heiligkeit Pius IX. die schönste Anerkennung zu Theil geworden bei Gelegenheit einer Verlosung, die der Verein in Chambery veranstaltete, um die ihm zu Gebote stehenden Mittel zu vermehren. An dieser Verlosung betheiligte sich Pius IX. selbst mit einem werthvollen Camée (d. i. ein geschnittener Edelstein, dessen Grund von einer anderen Farbe, als das darauf geschnittene Bild ist, der Bilderstein), welches den heiligen Ignatius darstellt. Wer die Freigebigkeit des gegenwärtig regierenden Papstes kennt, den wird dieser neue Beweis von derselben nicht überraschen können; was man aber nie müde werden kann, zu bewundern, ist jene väterliche Fürsorge, welche die heldenmüthigen Arbeiten der Missionäre schützt und segnet, und gleichzeitig auch die schwachen Anstrengungen der geringsten ihrer Kinder ermuntert. — Welch' beträchtliche Schenkungen der heilige Vater nach Auswärts macht, will ich nur ein paar Beispiele aufführen und zwar erstens aus der Schweiz. In der Stadt Bern wurde eine katholiſche Kirche gebaut. Dazu hatte Se. Heiligkeit der erſten Schenkung von 4000 römiſchen Thalern eine zweite von 10,850 Frks. beigefügt, ſo daß die Summe, welche die Groß= muth Papſt P i u s IX. für dieſes edle Werk geſpendet hat, zur Stunde ſich auf 32,353 Frks. 43 Cts. beläuft. Als die Stadt M a i n z das Unglück der Entzündung des Pulvermagazins betrof= fen hatte, ſandte er 1200 fl. als Unterſtützungsbeitrag — und in dieſen Tagen erſt, obwohl ſelbſt in arger Bedrängniß, ſen= dete er doch unter anderm den Überſchwemmten in U n g a r n 2000 fl., welches Gnadengeſchenk aber die katholiſchen Söhne Ungarns ihrem heiligen Vater in rührender Weiſe dadurch rückerſtatteten, daß ſie ihm durch freiwillige Beiträge dafür das dreifache — nämlich 6000 fl. — durch den Cardinal = Primas übergeben ließen. Solch ähnliche Beiſpiele mit größeren oder ge= ringeren Gaben könnte man faſt aus allen Ländern der Welt aufzählen, und wenn man bedenkt, daß der heilige Vater alle dieſe Gaben meiſt aus ſeinen Privatmitteln gibt (denn ſeine Civilliſte iſt zu klein, derlei leiſten zu können), ſo muß man dieſe Freigebigkeit mit Recht bewundern.

3.

Das Mittagsmahl des Papſtes und die Küche der Königin von England.

Lord S t e w a r d, Intendant des königlichen Hauſes in Eng= land, veröffentlicht die Rechnung des Tiſches der Königin von einem Jahre hindurch, und da ein Vergleich deſſelben mit dem Tiſche des Papſtes gewiß nicht unintereſſant iſt, ſo möge er hier eine Stelle finden.

Die **Königin** von **England** brauchte nur für **ein** Jahr um 21,250 Franks *) Brot, d. i. 526,250 Pfund Brot zu 4 Sou das Pfund, 124,400 Fr. für Butter, Speck, Käse und Eier, nämlich 30,000 Pfund Speck, 20,000 Pfund Käse und 24,000 Eier; 39,950 Fr. für Milch und Rahm, nämlich 36,950 Litres **); 236,800 Fr. Fleisch, als: 100 Ochsen, 750 Kälber, 15,000 Schöpse und 314 Lämmer, 90,825 Fr. für Geflügel, nämlich für 45,412 Hühner. Ein solches Batail= lon von Geflügel in Einem beisammen, würde das Sonnenlicht verdunkeln. 49,475 Fr. für Fische, d. i. für 39,480 Pfund; ferner 121,250 Fr. für 24,250 Bouteillen Wein; 70,275 Fr. für 140,000 Bouteillen Bier; 78,250 Fr. für Wäsche des Tafelweißzeuges, d. i. für 780,500 im Laufe des Jahres zur Wäsche gegebenen Tafeltücher.

Was hingegen braucht der **Papst** zu seinem **Tische**? „Der Tisch des Papstes vom XVI. Jahrhundert an war immer einfach und frugal. Unter Gre= gor XVI. kostet jeder Tag blos drei römische Skudi. Pius IX., welcher als Bischof und Kar= dinal an seiner Tafel nicht mehr als einen Scudo ***) brauchte, dachte, daß die hohe Würde des Papstes ihn nicht zwinge, weder besser, noch mehr zu essen. Sein Tisch ist so mäßig, wie der des einfachsten Bürgers."

---

*) Ein Frank ist eine französische Silbermünze im Werthe von 23 kr. C. M. oder circa 40 kr. D. W. oder 8 Sgr.

**) Litre (sprich litr) ist ein französisches Flüssigkeit= oder Hohlmaß, enthält 2 Pfund Wasser oder 25 Unzen Getreide.

***) Scudo, von verschiedenem Werthe, ein italienischer Thaler.

Was thut aber der Papst mit seinen Einkünften? Alles verwendet er für die Armen und zu wohlthätigen Zwe= cken — und weil seine kleine Civilliste, um seinen Herzensdrang zu befriedigen, nämlich zu helfen, keineswegs hinreicht, so gibt er selbst alle seine Privatmittel dazu. Seit dem Jahre 1850 bis jetzt hat Pius IX. an Almosen wohl beinahe an zehn Millio= uen Franken d. i. eine Million jedes Jahr ver= theilt. So viel verwendet also Se. Heiligkeit so zu sagen für den Tisch der Armen, so kleidet und beherbergt der Papst in den Armen und Waisen Christum den Herrn! Wahrlich das ist apostolisch — darin zeigt sich das Oberhaupt der Kirche — der sichtbare Stellvertreter Jesu Christi auf Erden!

4.
Pius IX. und die jungen Proletarier.

Überzeugt, daß nichts gefährlicher für die öffentliche Ruhe und Ordnung sei, als die Proletarier (arme Volksklasse), wenn ihnen nicht von Jugend auf Religion eingepflanzt wird und sie an ein thätiges Leben gewöhnt werden, widmet Pius IX. ihrer Erziehung alle Aufmerksamkeit. Es erging bezüglich dieser Angelegenheit an die Behörden eine eigene Verordnung, in welcher unter Anderm vorgeschrieben ist: „In jeder Legation oder Delegation ist nach vorausgegangener Berathung der Provinzialstände eine Anstalt zu etabliren, und sind darin arme und hilflose Knaben der untersten Volksklasse zu verwahren und zu erziehen. Die Kosten der ersten Anlage, sowie des Unterhaltes der Institute tragen die Pro= vinzen. Es soll erlaubt sein, die öffentlichen

Gebäude, auch ganz oder fast gänzlich verlassene Wohnungen geistlicher Körperschaften, diese jedoch gegen eine angemessene Vergütung zu verwenden. Die Regierung wird durch ihre Autorität die Überlassung von dergleichen Gebäuden erwirken, falls sie nicht Communal= oder Provinzial=Eigenthum wären. Bis zur völligen Einrichtung sind die jungen Proletarier provisorisch in die Centralinstitute Roms abzuliefern. Die Provinzialräthe haben zu entscheiden ob die Anstalt eine landwirthschaftliche oder industrielle sein soll. Ihre ökonomische und disciplinarische Verwaltung ist außer dem Msgr. Delegaten und einem Geistlichen ausschließlich hohen Laien anvertraut, welche im Staats= oder Communaldienste stehen. Den Provinzialräthen ist am Jahresschlusse Rechnung abzulegen. Die jungen Proletarier dürfen bei ihrer Aufnahme nicht jünger, als 8 Jahre sein; sie verbleiben in der Anstalt bis zum zwanzigsten Jahre. Es ist ein Patronat zu gründen, welches diejenigen Jünglinge, wenigstens ein Jahr hindurch streng überwacht, die das Institut verlassen haben. Die unverbesserlichen Individuen sollen an die bestehenden Correktionshäuser oder eigens für sie zu stiftende Strafanstalten abgegeben werden. Die Zöglinge lernen in den landwirthschaftlichen Instituten lesen, rechnen und schreiben, in den industriellen auch noch zeichnen. Der Religionsunterricht ist einem Geistlichen anvertraut, den der Bischof des Ortes zu ernennen hat." —

Auf diese Weise sorgte der heilige Vater für die Kinder der
ärmsten Volksklassen. — Kein Wunder, daß man ihn allgemein
den „Vater der Armen" nennt.

5.
Der Papst und der Schulknabe.

Der heilige Vater gibt alle 14 Tage öffent=
liche Audienzen, bei denen Jedermann Zutritt
zu ihm hat. In Bezug darauf wird folgende hübsche
Anekdote erzählt. — Bei einer solchen Audienz erschien in
dem Vorzimmer des Papstes auch ein Schulknabe. Er
hatte sich aufgeschrieben gehabt, und war, wie alle andern,
durch ein offiziell ausgefertigtes Billet zur Audienz zuge=
lassen worden. Er trägt sein Gesuch vor, welches darin be=
steht, Geld zum Ankaufe von Schulbüchern zu erhalten. Der
Papst gibt ihm eine Doppie *). Der Junge dankt, sagt aber
ganz naiv: das sei nicht genug; er übergibt dem heiligen Vater
eine Liste, wornach sich sein Bedarf auf 5 Skudi beläuft.
Er erhält sofort eine zweite Doppie, und jetzt antwortet der zu=
versichtliche Bittsteller eben so naiv, er sei nicht im Stande,
herauszugeben, worauf natürlich der Papst erwiedert: „Schon
gut, schon gut!" und ihn entläßt. Da der Junge wirklich
zu dem Buchhändler Marini gegangen war, um sich für das
erhaltene Geld den nöthigen Bücherbedarf zu kaufen und es sich
überdies zeigte, daß er der Sohn einer armen Witwe sei, schickte
ihm der Papst noch 10 Skudi in das Haus.

---

*) Eine römische Goldmünze.

6.

Pius IX. und der Büßer am Sterbebette.

Von der liebenswürdigen Herablassung Sr. Heiligkeit Pius IX. erzählen römische Blätter gegenwärtig wieder folgenden rührenden Zug. Als Se. Heiligkeit jüngst bei einem Besuche des Spitals Santa Spirito in Sassia, woselbst er an die Betten der Kranken getreten und diesen Muth und Trost zugesprochen hatte, sich wiederum entfernen wollte, streckte ein Kranker beide Arme nach ihm aus, gleichsam, um ihn zu beschwören, besonders an sein Bett noch einmal hinzutreten, ihm zu Hilfe zu eilen, und seine Beichte zu hören. Der heilige Vater willfahrte augenblicklich dem Verlangen des armen Kranken, und nachdem er seiner Umgebung befohlen, sich zu entfernen, versah er das Amt eines Beichtvaters bei diesem Schäflein seiner Heerde. Nachdem er eine reumüthige und vollständige Beicht abgelegt und die Lossprechung vom Oberhaupte der heiligen katholischen Kirche, vom Nachfolger des heiligen Petrus, dem Jesus Christus die Schlüssel des Himmelreiches übergeben, erlangt hatte — ach, da brach er in einen lauten Ruf der Freude aus, und Thränen auf Thränen flossen aus den Augen des begnadigten Büßers. — Wie ein Privatschreiben aus Rom besagt, wäre der Büßer, der diese Gunst erfleht und erhalten, ein Mann, der zur Zeit der letzten römischen Revolution eine traurige Berühmtheit erlangt hatte.

7.

Der heilige Vater Pius IX. und die vier Bauern in Frankreich.

Während Pius IX. tief betrübt wird durch die Plünde=
rung der Kirche in Sardinien, wurde sein Herz innig erfreut durch
die Handlung einfacher Bauersleute eines französischen Dorfes.
Landrevarsec, eine kleine Pfarrei in der Bretagne, wurde
durch die Revolution im Jahre 1791 aufgehoben, Kirche, Pfarr=
haus und die dazu gehörigen Gründe wurden verkauft. Nachdem
aber die gräuelhafte Revolution glücklicherweise besiegt und Ruhe
wieder in das schwer heimgesuchte Frankreich zurückkehrte, ver=
einigten sich im Jahre 1803 vier Bauern des Dorfes, und
kauften Kirche, Pfarrhaus, und die dazu gehörigen Gründe; sie
sind seitdem gestorben. Erst vor einigen Jahren wurde beschlos=
sen, in Landrevarsec wieder eine Pfarrei zu errichten; da tra=
ten die frommen Söhne jener vier Bauern hervor, und überga=
ben die von ihren Vätern angekauften Gebäude der Kirche wieder
zurück, indem sie sagten, ihre Väter hätten den Ankauf nicht
für sich gemacht, sondern nur, um es in besseren Zeiten der
Kirche wieder zurückzugeben — denn was Gott gehört, hat
kein Mensch das Recht, sich zuzueignen und Raub des Kir=
chengutes ist ja Gottesraub, der noch stets geführt hat zur
Armuth und zum Verderben. —

Der heilige Vater, dem man dieses berichtete, wurde durch
diese schöne Handlung tief gerührt und hat diesen vier frommen
Bauern durch den Bischof von Quimper prächtige Medaillen
zum immerwährenden Andenken übersendet, und ihnen seinen
apostolischen Segen ertheilt.

8.

* Pius IX., der päpstliche Samaritan.

Etwa 4000 Israeliten leben in G h e t t o, das ist im Juden=
quartier, einer so niedrig gelegenen Gegend, daß die Wohnun=
gen zu ebener Erde fast alle mehrere Fuß unter dem Straßen=
pflaster stehen, und deshalb auch bei dem kleinsten Übertritt der
Tiber augenblicklich unter Wasser gesetzt werden. Fenster fehlen
fast überall, nur durch die Thüre kann frische Luft eintreten.
Es sind ferner auch diese Wohnungen in einem Grade übelrie=
chend, daß Jedem, der sie zum ersten Male betritt, der Athem
vergeht. Die gräuliche Luft rührt auch zum Theil von der
Menge der Personen her, die in einem und demselben Zimmer
zusammenleben. Es gibt einzelne Zimmer, in denen drei Fa=
milien zusammenwohnen mit nur zwei Betten, oft sogar mit
einem, mit Betten, über denen Blechrinnen angebracht sind, da=
mit man gegen das herunterträufelnde Regenwasser schlafend
sicher wäre. Kein Wunder, daß man in diesen Höhlen des Elends
auf erblindete Menschen stößt, erblindet in und wegen dieser
verpesteten Luft. — Da hat nun Pius IX. in seiner Liebe
zu allen Menschen gleich im ersten Jahre seines Pontifikates
das Judenquartier untersuchen lassen, und diesen furchtbaren
Nothständen auf alle mögliche Weise abgeholfen, indem er ver=
ordnete, daß diese Quartiere zu möglichst ordentlichen Zimmern
hergerichtet, gelüftet und andere Neubauten hergestellt werden.
Um aber auch die Juden aus ihrer allbekannten gemächlichen
Unreinlichkeit aufzuschrecken, und sie selbst zur Reinhaltung der
neuen oder verbesserten Quartiere anzuspornen, wurde auf die
stete Herhaltung der gegebenen Reinlichkeitsvorschriften durch
eigene Sanitätsorgane gedrungen. Über diese wohlthätige Ein=
richtung jubelten natürlich die Kinder Israels und priesen und

verherrlichten Pius IX. in Gesängen und Lobliedern als den päpstlichen Samaritan, — als den zweiten Moses — ja manche sogar als den Messias!

9.
Pius IX. und der Jude.

Im Sommer des Jahres 1847 sah Pius IX., als er ausfuhr, in einer Straße Roms einen alten Mann ohnmächtig auf dem Boden liegen. Der edle, menschenfreundliche Papst ließ sogleich halten, und auf sein Befragen, wer der Arme sei, antwortete Einer aus der gaffenden Volksmenge: „Es ist nur ein Jude." Unwillig über diese lieblose Handlung stieg der hochherzige Pius aus dem Wagen, half dem ohnmächtigen Juden eigenhändig auf, und ihn in den päpstlichen Wagen heben. Alsogleich ließ der Papst umkehren, fuhr mit ihm nach seiner Wohnung, schickte ihm unverzüglich seinen Leibarzt, und sorgte für die nöthige Verpflegung.

So ist also Papst Pius IX. in Wahrheit auch ein barmherziger Samaritan. Der Papst, das Oberhaupt der katholischen Kirche, ist auch tolerant, duldsam gegen Andersgläubige. Freilich ist er es nicht in dem Sinn, wie die Ungläubigen es verstehen: er denkt nicht, es wäre einerlei, ob man Jude oder Christ, Protestant oder Katholik sei. Eine solche Gesinnung wäre eine schwere Sünde gegen den allein wahren heiligen katholischen Glauben, und heißt aber auch nicht „Toleranz — Duldsamkeit," sondern „Gleichgiltigkeit im Glauben." Die wahre Toleranz verwirft und verabscheut den Irrthum, liebt aber den Irrenden, und hilft ihm in Noth; das heißt, der wahre Katholik verwirft und verabscheut den Unglauben des Juden und den falschen, irrigen Glauben des Protestanten, liebt aber den Juden und Prote=stanten als Menschen (obwohl beide mit ihrem Glauben im Irrthum sind), und hilft ihm besonders in der Noth. In diesem Sinne ist der Papst tolerant, und jeder Katholik, auch die „Jesuiten und Ultramontanen."

10.

Pius IX. und der Diener Domenico Guido.

Gegen Ende des vorigen Jahrhunderts bezog an einem wunderschönen Oktobertag die gräfliche Familie Mastai ihr Landgut. Ein Diener, Domenico Guido mit Namen — den die Leser ohnehin schon kennen — wurde verwendet zur Über=bringung einiger Geräthe. Ihm voraus ging Johannes Evan=gelist, eines der gräflichen Kinder. Der muntere Knabe hüpfte sorgenlos auf dem Wiesenplan dahin. Unvermerkt kam er in die Nähe eines stehenden Wassers, glitt am nassen Boden aus, gerieth in den Sumpf, und sank unter. Doch der Herr wollte dieses junge Leben nicht so spurlos verschwinden lassen. Guido kam, wie daher geflogen, und hob den jungen Grafen behend und glücklich aus dem Wasser.

Mittlerweile sind 50 Jahre dahingegangen. Im Jahre 1847 kam ein alter, gebrechlicher Mann von 70 Jahren nach Rom. Es gelang ihm, beim heiligen Vater Audienz zu erhalten. Am 28. desselben Monats früh wartete der arme Fremdling in den päpstlichen Vorzimmern; allein der ungewohnte Glanz und irgend eine körperliche Unbequemlichkeit machte auf den ohne=dies kränkelnden Mann einen so heftigen Eindruck, daß er bald den Gebrauch der Sinne verlor und in Ohnmacht sank.

Er wurde weggetragen, und der heilige Vater hievon in Kennt=
niß gesetzt. Der Patient erholte sich aber schnell, und konnte
schon um vier Uhr desselben Tages Sr. Heiligkeit vorgestellt
werden. Da ging nun Alles sehr gut. Die ermuthigende Freund=
lichkeit des Papstes nahm dem armen Manne alle Angst, und
gab ihm ein großes Vertrauen. Er sagte nun dem heiligen Va=
ter, er heiße Domenico Guido, er habe ihn als Knäblein aus
dem Wasser gerettet, und fügte bei, daß ihn sein zum Erwerbe
unfähiges Greisenalter und eine unversorgte Tochter bewogen
hätten, Se. Heiligkeit auf dieses sein größtes Verdienst aufmerk=
sam zu machen. Der heilige Vater erinnerte sich an den Vor=
fall und bezeigte seinem Lebensretter den wärmsten Dank. So=
gleich warf er dem altersschwachen Guido für die noch übrige
Lebensdauer einen reichlichen Monatsgehalt, und zur Aussteuer
für dessen Tochter eine beträchtliche Summe aus, ließ ihm neue
Kleider anfertigen, und schickte so den Überglücklichen in einem
bequemen Wagen mit einem Empfehlungsschreiben nach Sini=
gaglia an die gräfliche Familie Mastai.

11.
Papst Pius IX. und der Schiffer Pako.

Im Jahre 1824 besuchte der Abbé Ferretti, jetziger Papst
Pius IX., die Missionen in Südamerika. Auf seiner Rückfahrt
von Valparaiso nach Lima wurde er von einem heftigen Sturme
überrascht. Das Schiff war dem Untergange nahe, als sich ihm
ein mit Negern besetztes Fahrzeug näherte. Der Herr dessel=
ben begab sich an Bord des bedrängten Schiffes, und führte
dasselbe als geschickter Steuermann in den Hafen von Arika,
an der Südküste gelegen. Es war ein armer Schiffer mit Na=

men Bako. Abbé Ferretti besuchte ihn in seiner Hütte, und hinterließ seinem Lebensretter eine reichgefüllte Börse. Zum Kardinal erhoben, vergaß er des armen Fischers nicht, und sandte ihm durch Vermittlung des Missionsvorstandes sein Porträt, und dazu abermals ein bedeutendes Geldgeschenk. Mit diesem fing Bako an zu spekuliren, und der Himmel segnete sichtbar das Geschenk der Dankbarkeit. Bako wurde ein reicher Mann, machte große Geschäfte im Salpeterhandel; an die Stelle seiner armen Fischerhütte trat ein stattlicher Palast und als der Kardinal zum Papst erwählt wurde, baute er eine Kapelle mit der Aussicht nach dem Meer, und hing daselbst das Porträt des heiligen Vaters Pius IX. auf.

12.
Der heilige Vater und der Versehgang.

Am 17. September 1855 war es, da plötzlich, als Se. Heiligkeit Pius IX. durch die Straßen der Stadt Rom fuhr, auch ein Priester des Weges daherkam, der soeben das hochwürdigste Gut zu einem Kranken trug. Der heilige Vater — kaum das Versehglöcklein vernehmend — stieg alsogleich aus dem Wagen, und begleitete das allerheiligste Sakrament bis hin zu dem Hause des Kranken. Wer war aber der Kranke, bei dem nun Jesus Christus selbst und dessen sichtbarer Stellvertreter auf Erden, der Papst, zugleich Einkehr nahmen? — Es war dies eine sehr arme, alte, schwerkranke Frau, die nicht blos mit Leiden und Krankheiten, sondern auch sehr mit Noth und Elend zu kämpfen hatte. Sie lag auf hartem, dürftigen Lager in einem eben so ärmlichen kleinen Stübchen. Der Papst aber, voll Liebe und Sanftmuth, wie der göttliche Heiland, näherte sich mit dem Gruße: „Der Friede sei mit Euch" der kranken Matrone — reichte ihr selbst die heilige Wegzehrung — betete über sie, und gab ihr seinen päpstlichen Segen. Ach, welche Freude für diese Frau — im letzten Augenblick noch Jesum Christum in ihr gläubiges Herz aufzunehmen, und seinen Stellvertreter, den heiligen Vater, zu sehen, und von ihm Worte des ewigen Friedens zu vernehmen, und den päpstlichen Sterbeablaß zu empfangen!

Ihr Gesicht war wie verklärt, und Gott lobend und preisend, rief sie wie einst Simeon vor Freuden: „Nun, o Herr, lasse deine Dienerin in Frieden fahren, weil meine Augen gesehen haben den Heiland der Welt und dessen sichtbaren Stellvertreter auf Erden!" Nachdem der heilige Vater ihr Worte des himmlischen Trostes gespendet, und derselben ein beträchtliches Geschenk hinterlassen, entfernte er sich unter Segenswünschen der bald in das himmlische Vaterland heimkehrenden Seele.

13.
Pius IX. und das Studentlein.

Unlängst schlich sich in das Vorzimmer der apostolischen Gemächer des Vatikans in Rom ein kleiner, armer Knabe, aber in reinlicher Kleidung und mit offener Miene. Die Wachtposten wollten ihn abweisen, aber der Kleine bestand darauf, er wolle zum Papst. — „Was willst du denn da," hieß es, „du gehörst nicht hieher." — „Ich will zum Papste." — So? Hat er dich berufen?" — „Nein." Hast du mit ihm Staatsgeschäfte zu behandeln?" — „Ich habe Geschäfte, die für mich wichtig genug sind," antwortete der Knabe. — So wechselten eine Zeitlang Rede und Gegenrede, während eben ein Kammerdiener Sr. Heiligkeit im nämlichen Zimmer vorbeiging, der dies hörte, und auf den Knaben aufmerksam gemacht, sich ebenfalls mit ihm in ein Gespräch einließ, worin er dem Kleinen begreiflich zu machen suchte, daß hier seines Bleibens nicht sein könne. Als dieser aber inständig den Kammerherrn bat, er möge ihn doch nur einen Augenblick zum Papste lassen, hieß ihn letzterer endlich warten, und ging fort, um dem heiligen Vater den Vorfall gleichsam zum Scherze zu erzählen.

Pius IX. befahl sogleich, ihm den Knaben vorzuführen. Er wurde gerufen. „Was willst du hier, mein Kind?" fragte der Papst in väterlichem Tone. — Ohne die mindeste Verlegenheit antwortete der offene Junge: „Ich möchte gern studieren, meine Eltern aber sind arm, und können mir keine Bücher anschaffen, und wenn ich sie darum ersuche, sagen sie allemal: „Ja, der Papst wird dir's kaufen;" es dauert nun schon so lange, und ich bekomme keine Bücher: da wollte ich denn einmal selbst gehen, und sehen, wo's denn eigentlich fehlt." —

„Wieviel Geld hast du nöthig?" — „Ungefähr 50 Paoli! (Etwa zwölf Gulden) sagte der Knabe.

Der Papst lächelt, und befiehlt dem Kammerherrn, dem Knaben zwei Skudi, d. i. zwanzig Paoli, zu geben. Der Junge nimmt das Geld, schaut aber ganz trübselig bald die zwei Scudi, bald Pius IX. an. Endlich redet er heraus: „Entschuldigen Sie, heiliger Vater! dafür kann ich mir die Bücher nicht kaufen." Mit der Miene des höchsten Wohlwollens reichte ihm nun der Papst zwei Goldstücke im Werthe von fünf Skudi jedes. Der Knabe staunte nicht wenig, denn jetzt hatte er doppelt mehr, als selbst die erbetenen fünfzig Paoli, und eilte, vor Freuden den Dank fast vergessend, fort. Allsogleich folgte ihm ein Angestellter des Papstes mit dem Auftrag, das Bürschchen nicht aus dem Auge zu verlieren, auf dem Fuße nach, und war dann hocherfreut, dem Papste die Kunde bringen zu können, wie der Kleine zuerst zu dem Buchhändler gelaufen, sich die nöthigen Bücher gekauft, und selbe, sowie das noch übrige Geld treulich seiner armen Mutter überbrachte, und somit von dem empfangenen Gelde wirklich den rechten Gebrauch gemacht habe. Dadurch wurde Pius für den glückli= chen Knaben noch mehr eingenommen, und wies ihm einen mo= natlichen Gehalt an, wodurch er in den Stand gesetzt wurde, seine wissenschaftliche Laufbahn fortzusetzen.

Ein Fürst, der mit so vieler Geduld und Herablassung die einfältigsten Bitten der ärmsten Unterthanen hört und erhört — mit welch' inniger Liebe wird er erst seine ganze große Fa= milie umfangen, da er schon die Einzelnen und Kleinen so liebe= voll behandelt!

Wahrlich ein g r o ß h e r z i g e r F ü r s t — ein h e i l i g e r V a t e r ist P i u s IX.

14.
Der Papst und der arme Schuhflicker.

Ein armer Schuhflicker, der einstens unter der Leitung des Abbé M a s t a i (jetzt Papst Pius IX.) ein Waisenkind der An= stalt: „Tata Giovanni" war, sagt von ihm Folgendes: „Als Kardinal M a s t a i zum Papste erwählt war, sagten ich und seine früheren Zöglinge: „W a h r l i c h, e r ist für uns e i n P a p s t d e r A r m e n u n d V e r l a s s e n e n!" Ich erinnere mich noch immer meines Platzes, den ich im Speisesaale zu Giovanni an der Ecke eines Tisches acht Jahre besessen, und da ich nicht sehr stille, noch sehr reinlich war, so blieb Abbé M a s t a i

oft bei mir stehen, und gab mir durch eine leise Be=
rührung seiner Hand auf meine Wange zu erkennen, daß ich an
mir etwas zu verbessern habe. . . .

„Ich habe zu Tata Giovanni einen der traurigsten Auf=
tritte meines ganzen Lebens erlebt. Es war an einem herrlichen
Sommer=Abende, ich vergesse ihn nie. Nach einem Aufenthalt,
von 7 Jahren mußte uns Abbé Mastai verlassen, weil er für
eine ferne Mission bestimmt war. Wir wußten es noch nicht,
als schon der Augenblick unserer Trennung gekommen war.
Wir bemerkten, daß er während des Abendessens kein einziges
Wort gesagt hatte. In dem Augenblicke, als wir das Dank=
gebet gesprochen, und vom Tische aufstehen wollten, gab er uns
ein Zeichen, sitzen zu bleiben; und nun theilte er uns die
traurige Nachricht mit. . . . Ein Schrei des Schmer=
zes ertönte von einem Ende des Speisesaales
bis zum andern.

„Wir waren unser 122, große und kleine, und alle wein=
ten vom kleinsten bis zum größten. Alle zusammen verließen
wir unsere Plätze, um uns in seine Arme zu werfen. Einige
küßten seine Hände, andere hingen sich an seine Kleider; die=
jenigen, welche ihn nicht berühren konnten, nannten seinen
theuren Namen und flehten zu ihm, uns doch nicht zu verlassen.
Wer soll uns trösten? — Wer wird uns ferner lieben? —
Er wurde so bewegt über unser Jammergeschrei, daß er selbst
mit Thränen in den Augen ausrief: Ich hätte niemals geglaubt,
daß unsere Trennung so hart sein würde — sehet, ich will
für euch beten, und täglich an euch denken. Darauf riß er sich
aus unserer Mitte und stürzte sich in sein Zimmer, aber er
versuchte vergeblich, die Thüre zuzumachen, wir traten mit ihm
hinein. Diesen Abend wollte keiner schlafen. Er tröstete, er
ermahnte uns auf die rührendste Art. Er empfahl uns die Ar=

beit, den Gehorsam gegen seinen Nachfolger, die Liebe zu Gott, zu unseres Gleichen, die Erfüllung aller unserer Pflichten und Ergebung und Geduld bei allen Unglücksfällen.

„Der Tag brach endlich an, und wir hörten schon vor der Thüre den Wagen stille halten, der unsern Wohlthäter weg= führen sollte. . . . Eine Stunde nachher — und wir waren Waisen zum zweiten Mal!" —

Der arme Schuhmacher vergoß bei diesen Worten eine Thräne, und endigte seine Erzählung.

Einige Tage später erzählte man dies von dem armen Schuhflicker dem heiligen Vater. Er lächelte, da er erfuhr, daß eines seiner früheren Waisenkinder in Papst Pius IX. den Abbé Mastai wieder erkannte. Wir müssen, sagte er, ihm dafür ein Andenken geben.

Und schon am andern Tag schickte er ihm eine Dublone in Gold, die der arme Mann mit seinen Küssen bedeckte, und als eine kostbare Reliquie bis heute aufbewahrt.

––––––––

15.
Pius IX. und die Mörder.

Es war im Jahre 1846 während der Karnevalszeit, als der Kardinal von Imola, Mastai Ferretti, gegen Abend in der untern Kapelle seiner Kathedralkirche betete; nur ein Chorknabe war in der Kirche anwesend. Während der Erzbischof im heili= gen Gebete vor dem Altare kniete — da, plötzlich vernimmt er ein starkes Geschrei in der Nähe der Sakristeithüre, die vom Platze aus in die Kirche führte; er erhebt sich, läuft hinzu, und sieht einen Menschen hingestreckt in seinem Blute. Der Unglückliche hatte eine schreckliche Wunde empfangen, und sich in die Kirche, welche in Italien den ganzen Tag hindurch offen sind, geflüchtet. Auf einmal kommen drei Männer daher, wild aussehend, vermummt, mit einem Dolche in der Hand, im Be= griffe, ihr Opfer zu vollenden. Der Kardinal, trotz der Spi= tzen ihrer Dolche und der Wuth, die aus ihren Augen flammt, sieht den Mördern scharf ins Gesicht, indem er ihnen das Kreuz, das an seiner Brust hing, vorhielt, und ihnen ihr Verbrechen vorwirft. Er sprach mit Muth, Würde und heiligem Ernste zu= gleich: „Im Namen Gottes, des gekreuzigten Herrn Jesu Christi gebiete ich euch, abzustehen von eurem fluchwürdigen Vorhaben, und fortzugehen!" Durch diese Worte erschreckt, ziehen sie sich augenblicklich zurück, ohne ein Wort zu sagen. Indessen schickte der Kardinal schnell den Chorknaben fort, um einen Arzt zu holen. Während dieser Zeit hielt er den Unglück= lichen in seinen Armen und auf seinen Knieen. Der Arzt kam an und erklärte, daß die Wunde tödtlich sei, ja daß bei der geringsten Bewegung der Leidende den letzten Seufzer aushau= chen werde. Nun bereitet ihn der Kardinal zum Tode vor, er hörte die Beichte, indem er ihn noch immer in seinen Armen hält, und der arme Unglückliche hatte das Glück, seine Seele an dem Herzen dessen auszuhauchen, der noch in demselben Jahre zum Papste erwählt worden war.

16.
Pius IX. und der arme Knabe.

Einmal schrieb ein Kind von 12 Jahren an den= Papst, daß es durchaus 31 Paoli *) haben müsse, um für seine arme Mutter, welche entkräftet und in tiefes Elend ge=, stürzt sei, Verschiedenes zu kaufen, und daß es, wenn Seine

---

*) Ein Paoli hat ungefähr einen Werth von einem halben Franken d. i. ca. 12 kr. C. M. oder 21 kr. Ö. W.

Heiligkeit es erlaube, am andern Tage erscheinen würde, um das Geld abzuholen.

Pius IX., welcher seine Briefe selber erbricht, gab den Befehl, es, sobald es komme, zu ihm zu führen. Als dasselbe vor dem Papste erschien, erhielt es von ihm ein Goldstück.

„Ach, heiligster Vater, dieses macht ja nur siebzehn Paoli," sagt das Kind, „ich muß dazu noch vierzehn haben, um alles zu kaufen, was meine Mutter nöthig hat."

Hierauf gab Pius dem Kinde noch ein zweites Goldstück.

„Das sind drei Paoli zu viel," sagte der kleine Knabe dankend, „ich habe aber nichts, um Ihnen herauszugeben."

Der Papst konnte sich über die Einfalt des Kindes des Lachens nicht enthalten und sagte ihm, daß es den Rest behalten könne, ließ es aber im Geheimen verfolgen, um sich zu überzeugen, ob es denn auch wirklich das Geld zu dem angegegebenen Zwecke verwende.

Nachdem Seine Heiligkeit erfahren, daß es die Wahrheit gesagt, ließ er es von Neuem zu sich rufen, um ihm mitzutheilen, daß er es in eine Erziehungsanstalt bringen lassen und für seine Zukunft sorgen werde.

„Danke sehr, heiligster Vater," sagte das Kind, „aber ich kann meine Mutter nicht verlassen, denn sie hat niemand als mich, um ihr Bett und ihr Essen zurecht zu machen."

Der Papst, gerührt über die Zärtlichkeit des Kindes, sagte mit Thränen in den Augen:

„Da ihr beide so arm seid, so werde ich mich deiner und deiner Mutter annehmen." Und er sorgte für beide.

18.
Der Papst und der Bauer.

Ein armer römischer Bauer, der sein altes Pferd verloren hatte, das ihm mit seinem schlechten Karren seine ganze Existenz verschaffte, faßte den sonderbaren Gedanken, sich ein ausrangirtes*) Pferd aus dem päpstlichen Stalle zu leihen. Er begab sich deßhalb zum Quirinal**) und trug dem Sekretär Seiner Heiligkeit, dem er zufällig auf der Treppe begegnete, seine Bitte vor. Der hinterbrachte dies dem heiligen Vater und Pius IX. fand diese Anforderung so ergötzlich, daß er ihm ein gutes Pferd und 2 Goldstücke übergeben ließ, damit er seine Geschäfte wieder fortsetzen könne. Die Freude dieses Mannes war unbeschreiblich. Auf seinem päpstlichen Pferde, das er ausgezeichnet fand, gallopirte er durch die Stadt, seine beiden Goldstücke in der Hand, unter dem Rufe: „Es lebe Pius IX., es lebe Pius IX.!" Der arme Bauer war jetzt glücklich und kam durch den Segen Gottes wieder zu Hab und Gut. Es verging aber auch kein Tag, wo er nicht besonders in einem inbrünstigen Gebete zu Gott für das Wohlergehen des heiligen Vaters sich dankbar erwies.

————

18.
Papst Pius IX. und der merkwürdige Dieb in seinem eigenen Hause.

Als Pius IX. noch Erzbischof zu Imola war, so wurde ihm von seiner theuren Mutter ein kostbares Service, welches aus goldenem Löffel, goldenem Messer und

————

*) Ausgedientes.
**) Päpstlichen Palast.

Gabel bestand, verehrt, und er hielt dieses Geschenk so hoch,
daß er dasselbe höchst selten im Jahre gebrauchte. Bei einer
außerordentlichen Gelegenheit aber, wo mehrere vornehme Gäste
zu Tisch geladen waren, befahl der Erzbischof, ihm das Service
seiner Mutter vorzulegen. Solches geschah. Die geladenen
Gäste fanden sich nach und nach in dem Empfangssalon ein, wo
sie vom Erzbischofe aufs freundlichste empfangen wurden. Auf
einmal aber wurde derselbe aus dem Salon gerufen, da ihn ein
gewisser Herr sprechen wollte. Der Erzbischof ließ Niemanden
abweisen und gab darum auch diesem Gehör. Derselbe brachte
eine Bitte vor und sagte: Hochwürdigster Herr Erzbischof! Sie
selbst wissen, daß ich vor einigen Jahren noch unter die ersten
Bürger in unserer Stadt gezählt wurde, aber durch ein Miß=
geschick in dem Handelsgeschäft so weit zurückkam, daß ich aus
Liebe zu meiner Familie, um selbe spärlich ernähren zu können,
Handelsdiener werden mußte. Jetzt aber hätte ich Aussichten,
wieder in den Besitz meines frühern Vermögens zu gelangen,
wenn mir augenblicklich eine gewisse Summe vorgestreckt würde;
ich habe schon an mehreren Häusern angeklopft, wurde aber
überall abgewiesen; wenn Sie mir nicht helfen, ist mein Glück
für immer dahin. Der Erzbischof erwiederte sehr freundlich:
„Mein Theurer! Es ist zwar nicht schön, daß ich es sagen
muß, aber es ist Wahrheit: ich habe in meiner Kasse gegen=
wärtig keinen Scudo, aber da Sie in so dringender Noth sind,
so muß geholfen werden." Der Erzbischof lief in den menschen=
leeren Speisesaal und nahm das Service, wickelte dasselbe ein
und übergab es dem Manne mit den Worten: „Gehen Sie in
ein Pfandhaus, nehmen Sie einen Pfandschein auf einen Mo=
nat, denn ich glaube, während dieser Zeit werde ich Alles
wieder auslösen können, und Sie werden die nöthige Summe
erhalten." Der Kaufmann verabschiedete sich und vollzog freudig

den Befehl des Erzbischofs. Derselbe ging zu seinen Gästen zurück und vergaß gänzlich dieses Vorfalls. Die gewöhnliche Zeit zur Tafel zu gehen war vorüber. Der Erzbischof hatte noch ein wenig Geduld, indem er glaubte, daß die Dienerschaft etwas mehr Zeit für mehrere Gäste brauchte, um die Vorbereitungen zu treffen, als gewöhnlich. Als es aber zu lange dauerte, zog er die Glocke, um von der Dienerschaft zu erfahren, was eine so lange Zögerung bedeuten solle. Die ganze Die= nerschaft erschien, sich zu den Füßen des Erzbischofs werfend, und wie aus einem Munde rufend: Herr Erzbischof, ich bin es nicht, ich habe keine so schändliche That begangen, und es ist doch von Jemand im Hause geschehen, denn kein frem= der Mensch ist dort hingekommen. — Der Erzbischof konnte sich diesen Auftritt gar nicht erklären. Endlich fragte er, was denn vorgefallen sei? Alle riefen: Ihr goldenes Service ist gestohlen, und wir werden nicht eher vom Platze weichen, bis der Dieb entdeckt sein wird. — Jetzt lachte der Erz= bischof und sprach: „O mein Gott! Dieser Dieb bin ich selbst. Legt nur mein gewöhnliches Service vor und besorgt schnell den Tisch." Freudig war nun wieder das ganze Haus und die Gäste riefen scherzend aus: Heute zum erstenmal ist es eine Ehrensache geworden, an der Tafel eines Diebes zu speisen.

Dem Kaufmann glückte sein Unternehmen und er wurde durch die geliehene Summe ein reicher Mann. Dieser Kauf= mann aber vergaß der erzeigten Wohlthat nicht, sondern er wurde ein großer Gutthäter der Bedrängten und ein Vater der Armen. —

19.

Papst Pius IX. und der katholische Mann und die protestantische Frau.

Ein Ehepaar, der Mann katholisch, die Frau protestantisch, wendeten sich an den Papst — in Rom wendet sich Jedermann mit jedem Begehren an Pius IX. — und klagten ihm bei der Audienz, daß die Mitbewohner ihres Hauses, die Eltern des Mannes, ihren Frieden stören, weil sie beständig die Frau mit Bekehrungsversuchen ängstigen. Sie wüßten, sagten sie, in ihrer Noth kein anderes Mittel, als Seine Heiligkeit um Schutz anzuflehen. Der wird ihnen auf das freundlichste gewährt und der Papst sagt zu der jungen Frau in seiner herzgewinnenden milden Weise: „Gehen Sie nach Hause, meine Tochter, und üben Sie ruhig Ihre Religion, Niemand soll Sie fortan darin stören, ich werde dafür sorgen." — Das ganze Wesen des Papstes ergreift die Frau so sehr, daß sie ihm zu Füßen fällt und ihn anfleht, sie wirklich als Tochter anzunehmen und ihr Gelübde als katholische Christin zu empfangen, um einer Heerde anzugehören, die einen solchen Hirten habe; aber Pius entgegnet sanft: „Zuerst gehen Sie nach Hause; so wichtige Entschlüsse darf nicht ein Augenblick entscheiden, dazu gehört Überlegung, nicht plötzliche Rührung." — Sie betete dann zu Gott um Erleuchtung und siehe da! — das was sie früher nicht zu thun glaubte, ward jetzt ihr sehnlichstes Verlangen und ihre unaufhörliche Bitte, bis sie Gott erhörte und auch sie in den Schooß der katholischen Kirche aufgenommen wurde. So wurde also blos durch die Milde Pius IX. ein Schäflein zur Heerde Christi zurückgeführt. —

20.

Der Papst und die zudringliche Bittstellerin.

Bei der Umherreise des heil. Vaters in seinem Staate
im Jahre 1857 trug sich nachstehender Vorfall zu, der sowohl
von der herablassenden Milde, als aber auch von der weisen
Festigkeit Pius IX. einen neuen Beweis liefert. — Seine
Heiligkeit wandelte in Rimini durch die wogende Volksmenge.
Eine Frau rief mit Heftigkeit: Sando Padre *), Sando
Padre! und suchte ungestüm zwischen der Edel=Garde durch=
zudringen, indem sie eine Bittschrift emporhob. Die Garden
schoben sie zurück, sie schrie nun desto jammervoller. Unter dem
Schalle der Glocken und dem Jubel der Massen hörte
Pius IX. den Schrei der Noth und sich umwendend gibt der
Gütige einen Wink, die Unglückliche vorzulassen. Sie stürzt
dem heil. Vater zu Füßen und überreicht eine Bittschrift.
Se. Heiligkeit versichert, das Gesuch baldigst lesen zu wollen,
und unter diesen huldvollen Worten reicht der Papst das Papier
einem Kammerherrn hin. Aber die Frau hält ihre Hand gegen
den Arm und bittet zudringlichst, daß Se. Heiligkeit das Gesuch
augenblicklich lese, die Sache leide keinen Aufschub. Wirklich
las Se. Heiligkeit auf der Stelle die Bittschrift, und zwar so
laut, daß die Frau Wort für Wort hören konnte, zu ihrer
Beruhigung, daß keine Zeile unbeachtet blieb. In der Schrift
flehte der Gatte um Begnadigung und um die Erlaubniß der
Rückkehr aus der Verbannung. Warum ist Ihr Mann verbannt
worden? Mit einiger Verlegenheit erwiederte die Frau: „Er
hatte das Unglück, in die letzten politischen Unruhen verwickelt
zu werden." Nun fixirte der Papst mit seinen hellen, lebhaften

---

*) Heiliger Vater.

Augen die Frau und sprach mit Nachdruck: „Hat Ihr Gemal diese Bittschrift selbst geschrieben?" — Die Frau erschrak und stammelte: „Nein, wir haben sie geschrieben, er — hat — sie — unterschrieben." Der heil. Vater wirft einen Blick auf die Unterschrift und spricht: „Er hat sie auch nicht unterschrieben, es ist nicht wahr. Wenn er Begnadigung will, so muß er ein Zeichen seiner Gesinnungsbesserung geben., er muß jedenfalls die Bitte selbst einsenden. Ich werde dann sehen, was sich thun läßt. Aber bloß aus Rücksicht auf Andere, die Unruhestifter zurückkehren zu lassen, das darf ich nicht, das will ich nicht." — Mit dieser Geduld, Geistesgegenwart und Umsicht erledigte der Monarch und Oberhirt vor allem Volke und in der Mitte des Hofstaates die zudringliche Bitte; die unglückliche, wegen ihrer Lüge und Dreistheit beschämte Frau zog sich gesenkten Angesichtes zurück, — doch nicht ohne allen Trost.

21.
Papst Pius IX. und die reiche Erbschaft.

Eines Tages (es war in der ersten Zeit seines Pontifikates) hörte Pius IX., daß ein sehr reicher Edelmann gestorben sei, der aus ganz unwichtigen Gründen seine zwei Söhne enterbt und denjenigen Priester zum Universalerben eingesetzt habe, der der Erste am Tage seiner Beerdigung in jener Kirche die heil. Messe lesen würde, wo sein Leichnam ausgesetzt wäre. Was also thun, um den letzten Willen dieses sonderbaren Edelmannes zu ehren und dessen Söhnen doch ihre väterliche Erbschaft nicht zu entziehen? — Seine ihm eigenthümliche Herzensgüte weiß bald einen Rath. Früh Morgens macht er sich, nur von einem Begleiter gefolgt, am Tage der

Beerdigung dieses Edelmannes auf den Weg zu dieser Kirche, wo dessen Leiche lag, kam noch vor Eröffnung der Thür an, und ist nun der Erste, der die heilige Messe liest. — Bei der Eröffnung des Testamentes findet man wirklich diese sonderbare Testirung, kraft welcher der heilige Vater nun wirklich zum Erben eingesetzt war, der auch die Erbschaft in Anspruch nahm, sie aber den zwei Söhnen wieder zukommen ließ. —

22.
Der Papst und der Gefangene.

Eines Tages im Jahre 1824 wurde zu Rom ein junger Mann von siebenzehn Jahren, Namens Gaetano, der Verschwörung angeklagt, zum Tode geführt. Ein junger Priester, welcher vorüberging, war von den sanften und interessanten Zügen und namentlich von der Jugend und der Ergebung des Verbrechers gerührt; er bat die, welche ihn führten, ihre Schritte zu verlangsamen, eilte nach dem Vatikan und bat den Papst so inständig für den Unglücklichen, daß dieser das Todesurtheil in lebenslängliches Gefängniß umwandelte. Mit dem Befehl des Papstes ausgerüstet, eilte der Priester dem traurigen Zuge nach und Gaetano wurde nach den Gefängnissen der Engelsburg gebracht. Dieser junge Geistliche war der Abbate Mastai. Zwei und zwanzig Jahre später wurde der Abbate Papst unter dem Namen Pius IX. Er hatte Gaetano nicht vergessen; er beschloß nun, sich selbst zu überzeugen, ob er seine Güte verdiene; zu gleicher Zeit wollte er sehen, wie man die Gefangenen in Rom behandle. Er ließ zuerst die Mutter Gaetano's aufsuchen und theilte ihr seinen Plan mit, dann kleidete er sich als ein einfacher Priester und machte sich Abends ganz allein auf den Weg nach der Engelsburg. Hier schmachtete der unglückliche Gaetano seit 22 Jahren wegen eines Verbrechens, das er sicher längst tief bereut, und das er in einem Alter begangen, wo er kaum begriff, was er that.

Sein Leben war im höchsten Grade jammernswürdig und elend, der Schließer (Gefangenwärter) war ein brutaler Mensch. Als er den Papst kommen sah, den er für einen einfachen Geistlichen hielt, wollte er ihn fortschicken; aber Pius IX. war mit einem Befehle versehen, welcher dem Gefangenwärter auftrug, ihm eine Stunde lang bei Gaetano zu lassen, er öffnete ihm brummend die Thüre des Gefängnisses und Pius IX. trat ein. Bei seinem Anblicke zitterte der Gefangene; er ahnte nicht, daß es der Papst und daß der Papst der Abbate Mastai war, der ihm das Leben gerettet. „Was wollen Sie?" fragte er mit schwacher Stimme. — „Ich bringe Nachrichten von Ihrer Mutter." Bei diesem süßen Namen rief der Gefangene: „Meine Mutter! Sie lebt also noch? Gott sei gedankt!" — „Sie lebt und schickt mich zu Ihnen, um Ihnen die Hoffnung einer bessern Zukunft zu bringen." Der Gefangene sank vor Freude in die Arme des Priesters, der ihn liebevoll an sein Herz drückt. „Gott erbarmt sich also meiner, indem er mir einen Engel des Trostes schickt." — Nachdem die ersten Augenblicke dieser rührenden Scene vorüber waren, erzählte ihm der unglückliche junge Mann die Geschichte seiner 22 Leidensjahre. „Sie hätten sollen an den Papst schreiben," sagte ihm der Geistliche, „und seine Gnade anrufen. Ein Verbrechen, im siebzehnten Jahr begangen, haben Sie wohl schon schwer gebüßt." — „Ich schrieb, aber meine Briefe blieben ohne Antwort." — „Schreiben Sie noch einmal." — „Mein Brief würde aufgefangen, ehe er zu Gregor XVI. käme." — „Gregor XVI. lebt nicht mehr, schreiben Sie an Pius IX." — „Wer wird ihm den Brief über-

geben?" — „Ich, schreiben Sie, hier ist Papier und Bleistift."
Der Gefangene schrieb einen Brief, ohne Bitterkeit und voll
edler Gefühle. „So, noch vor Abend soll der Papst den Brief
haben. Leben Sie wohl, mein Freund, vertrauen Sie auf Gott,
bitten Sie ihn für Pius IX. und hoffen Sie." Der Gefangen=
wärter kehrte zurück, er war wie wüthend. „Zum Teufel!"
sagte er, „Herr Abbate, Sie haben sich schwer vergangen. Sie
sollten nur eine Stunde hier bleiben, und jetzt sind schon 2 Mi=
nuten darüber; machen Sie, daß Sie fortkommen." — „Ihr
versündiget euch durch das Fluchen, wenn der Papst das wüßte!"
Der Wärter zuckte spöttelnd die Achseln. „Wenn er's auch
wüßte? Der Papst kümmert sich so wenig um mich, so wenig
als ich mich um ihn." — „Ihr kennt den Papst nicht, sonst
wüßtet Ihr, daß der Papst Niemanden verachtet, sondern jeden
Menschen liebt. Wie heißt Ihr?" — „Das geht Euch nichts
an, scheert Euch zum Kukuck!" — „Wie, so redet ihr mit einem
Priester!" Der Papst begab sich augenblicklich zum Gouverneur
der Engelsburg. Dieser war nicht weniger in einer schlechten
Laune: „Noch ein Lästiger!" rief er; „rasch, schnell nur, Herr
Abbate, was wollen Sie? Ich bin beschäftigt." — „Ich fordere
die Freiheit für Ihren Gefangenen Gaetano." — „Sie scher=
zen, nur der Papst kann begnadigen." — „Ich komme auch
im Namen des Papstes, mich an Sie zu wenden." — „Der
Beweis?" — „Hier!" Pius IX. nahm eine Feder und schrieb
die Begnadigung:

„Ich befehle dem Gouverneur der En=
gelsburg, Gaetano sogleich frei zu las=
sen und seinen Gefangenwärter fortzu=
jagen.
Unterzeichnet: Pius, Papst."

Der Gouverneur stürzte dem Papst zu Füßen und flehte um Gnade wegen seines barschen Benehmens. Gaetano wurde nun alsogleich in Freiheit gesetzt, und eilte, seine Mutter zu umarmen. Und der Gefangenwärter? — der wurde davon gejagt — aber nach 2 Monaten erhielt er vom Papst Gnade und zugleich einen kleinen Posten, nachdem er versprochen, nicht mehr zu fluchen und nicht mehr brutal zu sein. Er hielt Wort.

23.

Pius IX. und die deutschen Pilger.

Deutsche Pilger aus der Diöcese Mainz, unter ihnen der berühmte Professor Riffel, hatten, als sie in Rom ankamen, beim heil. Vater Audienz, und Riffel erhielt die Erlaubniß, die von ihm verfaßten Bücher überreichen zu dürfen, wobei er zugleich den Titel der Bücher ins Lateinische übersetzte. Der Papst versuchte auch einen deutschen Titel zu lesen, setzte aber gleich die Worte der heiligen Schrift hinzu: „A, a, puer sum, non possum loqui.“*) Einige Pilger überreichten Bittschriften, in welchen sie um persönliche geistliche Gnaden nachsuchten. Indem Se. Heiligkeit diese durchlas und einige genehmigende Worte beifügte, drückte der Generalvikar Lennig von Mainz sein Bedauern aus, daß sie (die Pilger) dem heiligen Vater solche Mühe verursachten. Der Papst entgegnete: „Ich bin der Knecht Gottes; da nun auch ihr Diener Gottes seid, bin ich mithin euer Diener.“ Darauf fügte er noch den Ausspruch des

----

*) Das heißt: „Ah, ich bin wie ein Kind, das noch nicht reden kann.“

heiligen Hieronymus bei: „Der Teufel darf mich nie=
mals unbeschäftigt finden." — So empfängt der
Papst Jedermann mit Liebe, Herablassung und großer Demuth.

24.
Der heil. Vater und die Audienz eines Wieners.

Ein hochgestellter Herr aus Wien schrieb von Rom folgen=
den Brief: „Heute Sonntag den 17. Oktober 1852 hatte ich
die Audienz bei dem heiligen Vater. Ich erhielt selbe auf Ver=
wendung des sehr liebenswürdigen Grafen Esterhazy, so wie
auch den Eintritt in die sehr merkwürdigen, so eben in der Aus=
grabung begriffenen Katakomben von S. Callisto. Ich mußte
in der Antikamera des gegenwärtig im Vatikan residirenden h.
Vaters nicht lange warten. Es ging streng nach der Tour.
Nur ein Kardinal machte natürlich eine Unterbrechung in der
Reihe, und der päpstliche Kämmerer, Conte Borromeo, ein
junger Mann, in dem ich die Familienzüge der Borromeer zu
erkennen glaubte, hatte auch ein kurzes und, wie es schien,
dringendes Geschäft bei dem heil. Vater. Nach etwa dreiviertel
Stunden, beiläufig um dreiviertel auf 12 Uhr Mittags traf
mich die Reihe. Ich trat ein in der gewöhnlichen Civilgalatracht
ohne Handschuhe jedoch und ohne Hut, — so will es die Eti=
quette der Kurie — und beugte zugleich mit dem eintretenden Käm=
merling meine Kniee. Der Papst winkte näher zu kommen. Ich
kniete unmittelbar vor ihm nieder und er reichte mir die Hand
zum Kusse. Doch ich machte eine Bewegung um ihm den Fuß
zu küssen, worauf er mir selben reichte und ich das glänzende
geweihte Kreuz, welches auf seinem Schuh war, küßte.

II.   3

Darnach küßte ich auch seine Hand. Nun erst sah ich ihm ins Antlitz und habe während der ganzen Audienz nichts ande= res mehr gesehen. Alle Porträte, auch die besten, reichen nicht an den schönen Ausdruck von Milde, Güte und Liebe, welcher daraus hervorstrahlt. Er ist aber zugleich ehrfurchtgebietend, und während man dem Grafen Mastai in die Arme sinken möchte, gleich einem Vater, beugen sich unwillkürlich die Kniee vor der erhabenen Würde des Statthalters Christi. Er blickte mich unaussprechlich freundlich an, sagte mir: La si levi, und fragte: In welcher Sprache ich rede: Che lingua parla, italia- na, francese o latina? Ich erhob mich und blieb vor ihm stehen. Als ich frisch antwortete, daß ich italienisch spreche und Namen und Beschäftigung sagte, fing er an mit großer Lebhaftigkeit und mit außerordentlicher Sachkenntniß von den Zuständen Österreichs zu sprechen. Am Schlusse der Audienz fragte der heil. Vater, ob ich ledig oder verheiratet sei, um den apostoli= schen Segen, den er mir geben wolle, auch auf meine Fami= lie ausdehnen zu können. Hierauf erwiederte ich, daß ich Brü= der und Schwestern habe, und ihn um die Ausdehnung dersel= ben auf diese bitte. Diese Bitte gewährend ertheilte er mir und einem Bündel Rosenkränze, die ich in den Händen hielt, den apostolischen Segen. Ich empfing ihn natürlich wieder knieend, küßte wieder Fuß und Hand und verließ sodann das Kabinet. Diesen Sonntag, diesen Tag des Herrn werde ich nie verges= sen!" (Volksfrd.)

25.

Pius IX. und die Gesandtschaft aus Abyssinien.

Am 25. Februar 1859 überreichte der Prinz Ghiorgis aus Abyssinien, der Priester Emmatou und ein Begleiter des Prinzen, gleichfalls Abyssinier, geführt durch ihren Dolmetscher den apostol. Missionär Don Sapeto, dem heil. Vater das katholische Glaubensbekenntniß Regoussies, des Königs von Tigreh und Semen in Abyssinien. Es ist das erstemal, daß ein äthiopischer Fürst in solch' feierlicher Weise dem Statthalter Christi seinen Glauben bekennt; denn Susenius, Kaiser von Äthiopien, welcher 1523 den katholischen Glauben annahm, begnügte sich seine Irrthümer vor dem P. Paez abzuschwören. Ich selbst habe — schreibt der Correspondent des „Univers" — den Prinzen Ghiorgis und den arabischen Priester Emmatou (Beichtvater des Königs) durch Vermittelung des Dolmetschers wiederholt gesprochen und bin von ihrer Frömmigkeit und dem Adel ihres Charakters sehr erbaut. Ghiorgis ist ein junger Mann von 18 bis 20 Jahren, von intelligenten Gesichtszügen, sein Teint ist kupferfarbig; die reiche orientalische Tracht zieht Aller Augen auf sich. In der Audienz beim heil. Vater warfen sich die Abyssinier auf ihr Angesicht und nur mit Mühe konnte sie der Papst bewegen, sich zu erheben. Auf verschiedene Fragen nach dem Befinden des Königs und des apostolischen Vikars von Abyssinien, Msgr. de Jacobis, antworteten die Gesandten mit Würde und Anstand; alsdann warf der Priester Emmatou sich abermals nieder und sprach in der Amhari-Sprache folgende Worte, welche der Dolmetscher ins Italienische übertrug:

„Heiliger Vater! Regoussie, unser großer König von Tigreh und Semen, sendet uns zu beiner Heiligkeit, um zu deinen hl. Füßen das mit seinem königlichen Insiegel versehene Dokument niederzulegen, wodurch er die Häresie abschwört, seine Anhänglichkeit an den katholischen Glauben aus vollem Herzen bekennt und dir dem wahren Nachfolger des Petrus und Statthalter Christi, seinen Gehorsam bezeugt. Unser Herr wünscht, daß zum ewigen Andenken das Dokument seiner Abschwörung in Stein gravirt und derselbe in der großen St. Peterskirche aufgestellt werde. Außerdem hat der König, unser Herr, uns befohlen, für ihn und anstatt seiner deinen Fuß zu küssen und deinen apostolischen Segen für ihn, den König, und für sein ganzes Volk zu erbitten."

Mit herzlichen Worten und reichen Geschenken wurden die Gesandten vom heil. Vater entlassen. —

Dieser Übertritt des Königs Negoussie, der bisher sich zur Ketzerei der Monophysiten bekannte, zum kathol. Glauben, erfüllt gewiß alle Katholiken mit Freude. — Abyssinien ist ein circa 15000 Quadrat-Meilen großes Land am obern Nil-Fluße, wo dereinst die kathol. Kirche und die Civilisation sehr blühte. Seitdem die Türken Egypten erobert hatten, sind die Abyssinier Monophysiten und Eutychianer geworden. Portugiesische Glaubensboten stellten zwar im 16. Jahrhundert den kathol. Glauben wieder her, derselbe wurde aber durch blutige Verfolgungen gefährdet. Papst Gregor XVI. gründete 1833 die afrikanische Mission, welche jetzt drei Bisthümer besitzt: eines in Tigreh, eines im Lande der Gallas und das dritte bei den Bogos. Die Mission zählt gegenwärtig 60 Priester und Missionäre, 8 Kirchen, wovon eine am Ufer des rothen Meeres gelegen ist, und mehr als 50,000 Katholifen.

Eine Verfolgung, die daselbst ausgebrochen ist, hat den Eifer der jungen Christen nur noch mehr entflammt. Wie über= all findet auch hier die Häresie eine Stütze. Protestanten und Türken stehen vereinigt den Katholifen gegenüber, aber der Sieg wird sicher der kathol. Kirche zufallen. Gerade jetzt, wo der projektirte Suez = Kanal folgenreiche Veränderungen im Orient in Aussicht stellt, kann die Gewinnung Abyssiniens für die katholische Kirche von unermeßlichen Folgen sein.

26.
Der heilige Vater und die Cholerakranken.

Es war am 22. August 1854, als Se. Heiligfeit ohne sich ansagen zu lassen, unvermuthet also, um 5 ½ Uhr Abends im Spital zum heiligen Geiste erschien. Sogleich begab er sich in den zum Asyle für die Cholerakranken bestimmten Saal, na= hete sich dem Bette jedes Kranken, erkundigte sich über den Zu= stand seiner Gesundheit, und ermunterte ihn mit Worten geist= lichen Trostes, segnete die Kranken, und flehte über sie die göttlichen Erbarmungen herab. Inzwischen lag ein Kranker in den letzten Zügen, da eilte Pius IX. schnell zu ihm, stand ihm bei, wie eine Mutter es ihrem Sohne thun würde, zeigte ihm den Himmel, redete mit ihm von Gott, betete ihm die Sterbegebete vor, und in seiner Zärtlichfeit gab er ihm einen Vorgeschmack des Paradieses. Von den Kranken begab sich der heilige Vater in den Saal der Genesenden, tröstete sie mit väterlichen Worten, erkundigte sich über ihre Verpflegung, und nachdem er den Krankenwärtern mit aller Kraft die Sorge um

die Kranken an das Herz gelegt, ertheilte er allen den Segen. Dieß war aber nicht der einzige Besuch Pius IX. bei den Cholerakranken; denn sechs Tage später ging er zu Fuß in das Hospital St. Johann, welches für die Frauen bestimmt ist, trat ein und fragte, ob hier Cholerakranke seien; als er erfahren, daß deren hier seien, wollte er sich in den für sie bestimmten Saal begeben. Er fand nur eine von der Krankheit ergriffene Frau, diese aber am Rande des Grabes; nachdem der heilige Vater über sie die letzten Anempfehlungen der scheidenden Seele gebetet, segnete er sie, besprengte sie mit Weihwasser, und als sie verschieden war, betete er für ihre Seelenruhe ein „de profundis." — So also zeigt Pius IX., daß er in Wahrheit sei ein Papst — ein Vater Aller — Vater der Kran=
ken! —

27.
Pius IX. und der Beamte.

Ein Beamter beklagte sich beim Papste über die Zurück=
setzung, welche man ihm unter dem Vorwande zugefügt, daß er
unfähig sei, diese Stelle zu versehen, auf welche er schon seit 20
Jahren gehofft habe. Der Papst antwortete ihm nicht gleich, son=
dern gab ihm drei schwere, auf jenes Amt sich be=
ziehende Fragen zu beantworten. Der Beamte löste die
Aufgabe zur Zufriedenheit des Papstes, welcher dann den Prä=
sidenten zu sich rufen ließ, von dem jener Beamte zurückgesetzt
worden, und zu ihm sagte: „Bedenken Sie wohl, daß
ein Mann, der einer solchen Arbeit fähig, auch
des Amtes fähig ist, welches Sie ihm verwei=
gern; ich will, daß er binnen zwei Tagen in sein

Amt eingeſetzt werde, und daß ähnliche Fälle nicht mehr vorkommen." — Auf dieſe Weiſe belohnt Pius IX. in ſeinem Reiche das Verdienſt, und handhabt ſo überall Recht und Gerechtigkeit!

28.
Papſt Pius IX. und der Advokat.

Pius IX. ſpendet fortwährend Wohlthaten aus. Iſt er gegen Jemand hart, ſo iſt er es gegen ſich ſelbſt, und wenn er ſeinen Wohlthaten Grenzen ſetzt, ſo geſchieht dies nur gegen die Seinigen. Die Indiscretion der Bedachten allein offenbart uns bisweilen die zarte und bewunderungswerthe Mild=thätigkeit des Papſtes. Als er vor einigen Tagen — ſo nämlich wird aus Rom im April 1858 geſchrieben — erfuhr, daß ein Advokat, ein Familienvater, leidend und bedürftig ſei, ſchickte er insgeheim einen ſeiner Kammerherrn mit einem verſiegelten Umſchlage an ihn. Der Prälat wurde mit Mühe eingelaſſen. Der Arzt hatte dem Kranken Stille empfohlen. „Sagen Sie dem Advokaten", ſagte er zur Frau, „daß ich vom Papſte komme und ihm eine Weiſung überbringe, die ſo viel werth iſt, als die Vorſchrift des Arztes." Bei dieſen Worten öffneten ſich, wie man ſich denken kann, ſogleich die Thüren. Es befand ſich un=ter dem Umſchlage ein Schein zu 300 römiſchen Thalern nebſt den Worten von der Hand des heil. Vaters:

„Dem Advokaten S..... 300 Scudi. Pius IX. Papſt."

Die Gebete, welche der hocherfreute Advokat von ſeinem Sterbebette aus zum Himmel für Se. Heiligkeit emporſchickte, wird Gott gewiß nicht unerhört laſſen.

29.

Der Papst und der Soldat.

Es geschah vor nicht langer Zeit, daß in Rom ein dort in
Garnison liegender französischer gemeiner Soldat
die große Treppe, die zum Vatikan führte, betrat. Da sieht
man beständig ein Dutzend oder mehr von den bunt gekleideten
Schweizergardisten nicht eben in kriegerischer Haltung angestellt.
Die Einen lehnen sich mit der Hellebarde an die Wand, Andere
sitzen auf einer hölzernen Bank. Doch kann sich der Papst jeder=
zeit auf seine Wächter verlassen. Da kommt nun der französische
Rothhösler und redet einen der Schweizer an, und gibt ihm, so
gut er's kann, zu verstehen, er wolle direkt zum Papste. Der
Schweizer sieht den Rothhösler verwundert an, ohne ein Wort
zu sagen: „Ja, ja, zum Papste will ich, laissez passer." —
„Zum Papst? Hast Du die Erlaubniß?" — Brauch keine Er=
laubniß. Große Herren brauchen dergleichen, wir Andern wer=
den ohne Ceremonien behandelt; seid so gut und führt mich so=
gleich ins Zimmer des Papstes, die Sache pressirt." Dem
Schweizer aber pressirte es nicht, und erst nachdem er gesehen,
daß der Franzose sich nicht ergeben, und die Festung mit Sturm
nehmen wollte, führte er ihn zu einem der Prälaten, welche die
Fremden dem Papste zur Audienz vorstellen. Auch hier trug der
Soldat sein Anliegen vor, und da der Prälat wissen wollte, was
er denn eigentlich beim Papste verlange, so zeigte es sich, daß ein
Brief von einem Kriegskameraden aus der Krimm angelangt
war, worin dieser eine schreckliche Schilderung der Leiden
machte, welche die französischen Soldaten dort zu ertragen hatten.
Deßwegen solle er, der Empfänger des Briefes, den heiligen
Vater ersuchen, für das Wohl der französischen Armee eine heil.
Messe zu lesen. Nach mancherlei vergeblichen Versuchen, den

Franzosen eines Bessern zu belehren, ging endlich der Prälat zum Papste und meldete den sonderbaren Besuch. Der heilige Vater ließ ihn vortreten. Nicht wenig erstaunten die in den prächtigen Vorsälen des Vatikans befindlichen weltlichen und geistlichen Herrn, als der französische Gemeine diese Säle durchschritt, und in das einfache Gemach, worin der Papst gewöhnlich Audienzen ertheilte, eintrat. Der Gemeine ließ sich aber nicht einschüchtern, und blieb, als er vor dem Papste erschien, in militärischer Haltung aufrecht stehen, hob zur Begrüßung die Hand an die Stirn und sprach dann mit einem eben so entschiedenen Tone, als stehe er vor seinen Offizieren: „Mein Papst, da ist der Brief eines Kriegskameraden aus der Krimm; lesen Sie denselben, und sagen Sie mir dann, was ich antworten soll.“ Zugleich überreichte er mit der einen Hand den Brief, in der andern etwas Geld. Der Papst nimmt den Brief, liest ihn und gibt ihn mit den Worten zurück: „Guter Freund, meine Messe ist für morgen schon unabänderlich bestimmt, übermorgen aber werde ich unfehlbar für jenes große französische Heer Messe lesen. Doch setze ich die Bedingung, daß Du derselben beiwohnest und Dich vorbereitest, bei derselben die heilige Kommunion zu empfangen, das Geld magst Du behalten und für dasselbe auf die Gesundheit Deiner Kameraden trinken.“ — Gut, mein Papst,“ antwortete der Besucher, „sogleich gehe ich, mich auf eine kleine Revue bei unserm Feldgeistlichen zu rüsten, und übermorgen bin ich zur bestimmten Stunde auf meinem Posten.“ Darauf salutirte er wieder mit der Hand, machte halbe Wendung rechts und zog sich zurück, wie er gekommen war. Der Papst aber sah mit Vergnügen dem sonderbaren

Gaste nach. Am angesagten Tage erschien dieser wirklich bei der päpstlichen Messe und hatte das Glück aus den Händen des heiligen Vaters die Kommunion zu empfangen. —

30.

Pius IX. und die Hundert Offiziere.

Am 27. Jänner 1857 versammelte sich eine Anzahl mehrerer Hunderte von Offizieren, um Sr. Heiligkeit im Namen der ganzen Armee zu seinem Namensfeste die Zeichen ihrer ehrfurchtsvollsten Ergebenheit und ihrer Treue darzubringen. Ist das Schwert in den Absichten Gottes ein Werkzeug der Rache und der Züchtigung, so ist es auch ein Werkzeug der Barmherzigkeit und der Gnade, eine Stütze der Gerechtigkeit, der Vertheidigung des Schwachen u. s. w. Bei dieser Gelegenheit sagte der heil. Vater zu den versammelten Offizieren: „Wir waren neulich Zeuge einer Scene, die uns tief ergriff. Offiziere einer großen, aber nicht katholischen Nation, waren zu unserer Audienz zugelassen. Bevor sie sich zurückzogen, warfen sich jene aus ihnen, die katholisch waren, plötzlich zu unsern Füßen, zogen ihre Degen und boten sie mit den Worten dar: „Heiligster Vater! segnen Sie diese Degen und bitten Sie Gott, daß sie immer nur der Gerechtigkeit und Wahrheit dienen mögen!" Ihre nicht katholischen Kameraden, hingerissen vom Beispiele, thaten dasselbe, und Wir erbaten nun mit dem heißesten Gefühle vom Himmel den Segen für diese braven Offiziere und ihre Waffen. Wenn wir denn mit so großer Rührung fremde Soldaten segneten, mit welch herzlicher Ergriffenheit und inniger Freude werden Wir Unsern Segen nicht Unsern eigenen geben, — jenen

die der Herr mit der Vertheidigung der heiligsten und gerechte-
sten Sache und mit dem Schutze seiner heiligen Kirche beauftragt
hat! So wollen Wir denn auch Sie vom Grunde unseres Herzens segnen, und Ihnen jenen Muth, jene Disciplin
und Ergebenheit wünschen, die Ihnen unerläßlich sind,
um sich stets als wahre Soldaten der Ordnung und
der Religion zu zeigen." Und bei diesen Worten zogen die
Hunderte von Offizieren ihre Degen, fielen
auf die Kniee — und empfingen den heiligen Segen
vom Vater der Christenheit!

Wahrhaft — dieser Augenblick der Segnung war rührend
und erhebend — das zeigten die Thränen, die in den Augen
der Offiziere glänzten!

31.

Papst Pius IX. und das österreichische Offizierkorps in Loretto.

Während der Anwesenheit des Papstes zu Loretto, stellte
sich auch das löbl. k. k. österreichische Offizierkorps
Sr. Heiligkeit Pius IX. vor, worüber ein Offizier Folgendes mittheilt:

„Nach einer im Vorzimmer verbrachten Stunde wurden
wir durch den Maestro di Camera, Monsignore Pacca, auf-
gefordert, uns in das Zimmer Sr. Heiligkeit zu begeben. Ich
hatte wirklich ein wenig Herzklopfen, als wir uns dem erhabenen
Oberhaupte unserer Kirche näherten. Die Thüre öffnete sich,
und wir sahen uns Sr. Heiligkeit gegenüber. Der Papst empfing uns stehend mit einem weißen Talar angethan, das Haupt
mit einer weißen Cappa bedeckt. Die ganze Erscheinung war ehr-

furchtgebietend. Er ist von mittlerer Größe, sein Haar ist weiß und auf seinem Gesichte thront Ruhe mit Würde gepaart, welche ihn auf den ersten Blick von einem gewöhnlichen Sterblichen un= terscheidet.

Nachdem wir eingetreten waren, knieten wir uns so= gleich nieder; eine segnende Handbewegung Sr. Heiligkeit for= derte uns auf, uns wieder zu erheben. Hierauf begann der Papst mit einer so schönen, wohlklingenden Stimme zu sprechen, wie ich mich nicht erinnere, eine ähnliche gehört zu haben. Er spricht ein so vortreffliches Italienisch, seine Rede ist so klar und logisch geordnet, daß es mir wirklich leid thut, die Worte seiner An= sprache nicht ganz gemerkt zu haben. Er sprach viel vom Kaiser und versicherte uns, er sei Sr. k. k. Apostolischen Majestät zu so großem Danke verpflichtet, daß er denselben nur dadurch abtra= gen könne, daß er jeden Tag für ihn, für die kaiserliche Familie und für alle Katholiken seines Reiches inbrünstig zu Gott bete! Er sprach hierauf vom Jahre achtundvierzig, von dem großen Unglück, das ihn und sein Land getroffen, von der tapfern österreichischen Armee, die ihm wieder zu seinem Thron verhol= fen und so weiter. Er redete wenigstens eine halbe Stunde un= unterbrochen, ohne sich zu verbessern oder ein Wort zu wieder= holen, und zugleich so einfach, so ungeschmückt, so herzlich, daß seine salbungsvollen, ergreifenden Worte tief in unsere Herzen drangen, und unsere höchste, bewundernde Theilnahme erregten. Ich habe wenigstens noch keinen Redner gehört, der seine Zu= hörerschaft in so kurzer Zeit so zu fesseln weiß, als eben das Oberhaupt unserer Kirche.

Hierauf ließ er sich jeden Einzelnen von uns beim Namen nennen, dann niederknieen und segnete uns, worauf wir zum Handkusse gelangten. Der Corpscommandant war in der Reihe der Erste, welche ich als bescheidener Lieutenant schloß. Bei der

Feierlichkeit des Handkusses kniete Jeder von uns abermals vor Sr. Heiligkeit nieder, ergriff mit entblößter rechter Hand die Rechte des Papstes und küßte den Fischerring, den ich jedoch unter dem mächtigen Eindrucke des Augenblicks gar nicht genau betrachten konnte. Hiermit war unsere Vorstellung beendet, und wir verließen Se. Heiligkeit, einen tiefen Eindruck und eine weihevolle Erinnerung für unsere fernste Lebenszeit mit uns nehmend." (Klagenf. Ztg.)

32.

Der heil. Vater und der „Festtag" aller Nationen.

Der heil. Vater, der den jungen Klerikern aller Länder, welche in der ewigen Stadt zur Pflege der Wissenschaft und zum priesterlichen Dienste erzogen werden, mit besonderer Liebe zugethan, hatte beschlossen, denselben am 25. September 1857 einen „Festtag" zu bereiten. Am genannten Tage Mittags fanden sich ungefähr 150 derselben in der großen Gallerie der vatikanischen Bibliothek vereinigt. Die Versammlung bestand aus den Lehrern und sämmtlichen Zöglingen des von Sr. Heiligkeit gegründeten Seminarium Pium (wohin bekanntlich jede der 68 Diöcesen des Kirchenstaates einen Eleven sendet) und aus Deputationen der verschiedenen andern Collegien der heiligen Stadt. Diese Deputationen standen im Verhältniß zur Zahl der Zöglinge jener Anstalten; das Collegium der Propaganda war am zahlreichsten, nämlich durch 12 Mitglieder vertreten, die übrigen Anstalten durchschnittlich durch vier oder fünf. Im Ganzen waren sechzehn Collegien durch Repräsentanten vertreten: das Seminarium Pium, die kirchliche Akademie, das Collegium der Propaganda, das capranische, pamphilische, griechisch-ruthenische, deutsch-ungarische, engländische, irländische, schottische, belgische Collegium, das vaticanische und französische Seminar, das Seminar der Benediktiner von St. Paul und das Waisenhaus.

Die Verschiedenheit der Kleidung der Versammelten zog Aller Blicke auf sich, nicht weniger bemerkenswerth war die Ver= schiedenheit der Gesichtszüge: 15 bis 20 verschiedene Nationen waren da anwesend, von den Engländern und Deutschen mit blonden Haaren bis zu dem Nubier und Chinesen mit der Farbe des Ebenholzes oder Kupfers. Die zwölf Zöglinge der Pro= paganda repräsentirten die fünf Welttheile und die Hauptraçen der Menschheit; denn sie waren zum Theile aus Europa, Asien Afrika, Amerika und Australien gebürtig. So war gleichsam die katholische Priesterschaft der ganzen Welt vertreten, den Statthalter Christi erwartend. Endlich erschien derselbe, umge= ben von den Prälaten seines Hauses, von zehn Kardinälen und mehreren Bischöfen (darunter der Bischof von Puebla in Süd= amerika und der apostolische Vicar von Bombay in Asien). — Nachdem der Papst jede der sich vorstellenden Deputation in herzlicher Anrede begrüßt hatte, setzte man sich zum Essen an der mit kostbaren Blumen aus den vatikanischen Gärten und mit reichen Vasen verzierten Tafel nieder. Der heil. Vater sprach selbst das Tischgebet und nahm auf einem kleinen Seiten= tischchen einen allen Blicken zugänglichen Platz ein; 195 Gäste waren versammelt. Nach aufgehobener Tafel folgte die ganze Gesellschaft dem heil. Vater in den Garten des Vaticans. Alle Etiquette war da verschwunden; die jungen Kleriker unterhielten sich mit den höchsten Kirchenfürsten, der Statthalter Christi selbst zeigte sich wahrhaft als Vater der Jugend und gab ihr die rührendsten Beweise seiner Liebe; er war für Jeden zugänglich; die Jüngsten liebkoste er, zu den Älteren sprach er ermunternde

Worte, erkundigte sich nach ihrem Alter, ihren Wünschen ꝛc., kurz, man erkannte in ihm denjenigen, der früher so lange Jahre dem Unterrichte der Jugend seine Kräfte weihete und für dieses Alter eine besondere Zuneigung bewahrt hat. Eine angenehme Überraschung bereitete eine vom heil. Vater veranstaltete Lotterie; die Gewinne — Kruzifixe, Madonnen, Schreibzeuge, Uhren, Federmesser ꝛc. — wurden von dem Papste selbst an die Glücklichen unter herzlichen Worten vertheilt. — Aber auch die Jugend hatte dem heil. Vater eine Überraschung bereitet: in mehr als 15 verschiedenen Sprachen der Welt drückten ihm die Beschenkten die Gefühle ihres Dankes aus. Nach diesen Dankesbezeugungen wurde die Promenade in den prachtvollen Alleen des vaticanischen Gartens fortgesetzt; als der heil. Vater in einem Pavillon ausruhte, sah er plötzlich die 150 Kleriker zu seinen Füßen knieen und in einem Choralgesange die besten Wünsche für ein langes und glückliches Leben aussprechen. Gegen 6 Uhr Abends ertheilte der heil. Vater seinen Söhnen den letzten Segen und trennte sich von ihnen mit den Worten: „Gedenket dieses Tages in Eurem ganzen Leben, nicht weil Ihr heute etwas besser gespeist und Euch angenehm belustigt habt, sondern weil Euer Vater Euch einen Beweis seines Wohlwollens und seiner Liebe geben wollte, welche er für Euch hegt."

33.
Der Papst und die erste heilige Kinder-Kommunion.

Es war am Jahrestage (12. April) der wunderbaren Rettung Sr. Heiligkeit im Kloster zu St. Agnese, als Pius wie alle Jahre, so auch heuer wieder dahinging, um dort an diesem Tage eine stille Messe zu lesen. Dieses Jahr fand sich dort halb

Rom und eine Masse Fremder aller Länder ein, um ihn zu em=
pfangen, seine Messe zu hören, und 600 empfingen aus seiner
Hand die heil. Kommunion. Unter diesen war die Elite der rö=
mischen und fremden Frauen höheren Standes. Eine Amerika=
nerin aus New=York, Madame F i s ch e r, begleitete an jenem
Tage zum heil. Altar ihre zwei kleinen Töchterlein von 9—10
Jahren. Nach der Messe des heil. Vaters, erzählt der Berichter=
statter dieses, hatten wir eine zweite, und begaben uns sodann
alle in ein Refectorium, wo ein kleines Frühstück für den heil.
Vater und Alle bereitet war. Der heil.Vater hatte den schönen Ge=
danken, eines P i u s IX. würdig, die zwei kleinen amerikani=
schen Mädchen, die das e r ste m a l die heilige Kommunion em=
pfangen hatten, z u s i ch z u r u f e n, und an beiden Sei=
t e n z u ste l l e n, und während sie mit ihm frühstückten, rich=
tete er an sie einige gewiß nie zu vergessende Worte. Es war
nicht die Mutter allein, die da weinte; wir alle mußten weinen
und werden diesen Anblick des hochverehrtesten Greises inmitten
der reinsten Unschuld nie vergessen.

Der heil. Vater empfing nachher eine prächtige Münze, die
die Römer prägen ließen, um die Ankunft so vieler Fremden in
Rom zu feiern, die da kamen, um den heil. Vater zu trösten
oder ihm zu dienen.

Dann verehrten ihm die Studenten des Apollinare eine
schöne in Gold gewirkte Stola mit dem schönen Motto: „Christus vincit, Christus regnat" (Christus siegt, Christus
herrscht). Eine ungeheure Menge grüßte ehrfurchtsvoll den heil.
Vater bei seiner Ankunft und Rückkehr, und bat um seinen heil.
Segen. Abends wurde die Stadt prächtig beleuchtet. Man
wollte so dem heil. Vater noch einmal bezeugen, wie man ihn
liebt und ehrt.

Pius IX. und der Bildhauer.

Vor Kurzem soll, wie dem „Mainzer Journal" gemeldet wird, folgender Vorfall in Rom sich ereignet haben. Der heil. Vater kommt in das Atelier eines Bildhauers, welcher eben damit beschäftiget ist, eine Büste des Papstes zu modelliren. Der heil. Vater nimmt den Griffel und schreibt unter das Bild die Worte des Propheten Ezechiel: „Ecce, dedi faciem tuam valentiorem faciebus eorum, et frontem tuam durio-. rem frontibus eorum," das ist: „Siehe, ich habe dein Angesicht stärker gemacht als ihr Angesicht, und deine Stirne härter als ihre Stirne." — Jedenfalls — so fügt der Berichterstatter hinzu — stimmt dieses vollkommen überein mit dem, das Jedermann hier sehen kann, ich meine mit der ungetrübten Heiterkeit und Ruhe, die man mitten in allen Stürmen auf dem Antlitze des heil. Vaters sich abspiegeln sieht. Ja, freilich, Heiterkeit und Ruhe, wie sie Derjenige wohl tragen kann, der mit einem Herzen voll Liebe fest im Rechten steht, das Auge nach dem Ewigen und Göttlichen hingerichtet. Und wenn nun Papst Pius IX., auf dessen Bedrängnisse und Entschlüsse die Augen Europa's, die Augen der fernsten Welttheile gerichtet sind, mit den obigen Worten einen leitenden Gedanken ausgesprochen hat, mit dem er sich tröstet in seinen Bedrängnissen und an den er sich halten wird in seinen Entschlüssen, so dürfte das auch wohl ein willkommener und vollgültiger Leitartikel sein für alle die, welche dem heil. Vater mit treuer Liebe und theilnehmender Besorgniß anhängen; dürfte nicht minder ein vollgültiger und schwerwiegender Leitartikel sein für diejenigen, welche aus angestammtem Hasse oder aus aufgewucherter Untreue dem heil. Vater ein starkes Angesicht,

II. 4

eine starke Stirne entgegen halten und sich dabei einbilden, sie könnten mit solchem Angesicht, mit solcher Stirne Denjenigen erschrecken und beugen, der es fühlt, was der Herr aller Stärke zu ihm gesprochen: „Siehe, ich habe dein Angesicht stärker gemacht als ihr Angesicht, und deine Stirne härter als ihre Stirne!"

Um aber die volle Bedeutung und die reiche Beziehung dieser Worte lebhafter vorzuführen, wollen wir nicht verfehlen, den Zusammenhang zu vergegenwärtigen, in welchen sie sich bei Ezechiel vorfinden. Sie sind entnommen aus der Berufung des Ezechiels zum Prophetenamte, wo der Geist des Herrn zu ihm redet, und unter Anderem spricht: „Menschensohn, ich sende dich zu den Söhnen Israels, zu abtrünnigen Völkern, die von mir abgewichen; sie und ihre Väter haben meinen Bund gebrochen bis auf diesen Tag. Die Söhne, zu denen ich dich sende, sind starren Angesichtes und unbändigen Herzens. Du aber Menschensohn, fürchte Dich nicht vor ihnen und laß Dich nicht schrecken von ihren Worten; denn Ungläubige und Aufwiegler sind bei Dir, und unter Scorpionen wohnest Du. Vor ihren Worten fürchte Dich nicht, und vor ihrem Angesichte bebe nicht! Höre auf das, was ich Dir sage, thue deinen Mund auf und iß, was ich Dir gebe!" — und so fährt der Prophet fort, ich schaute — und siehe, da war eine Hand gegen mich ausgestreckt, in der eine zusammengerollte Schrift war, und er breitete die Rolle aus vor mir und sie war inwendig und auswendig beschrieben, und es standen darin geschrieben Klagen, Trauerlieder und Weh. Und er sprach zu mir: „Menschensohn, iß Alles, was Du findest,

iß die Rolle, und gehe hin und rede zu den Söh=
nen Israels!" Da that ich meinen Mund auf und er gab
mir die Rolle zu essen. Und ich aß sie, und sie war in mei=
nem Munde so süß wie Honig. — (Ja süß wie Honig; denn
die Erkenntniß der Rathschläge Gottes gibt Trost seinen Die=
nern inmitten der Übel, die sie dulden.) — Und er sprach zu
mir: "Menschensohn, geh hin zum Hause Israel
und rede meine Worte zu ihnen! denn du wirst
ja nicht zu einem Volke von unverständlicher
und unbekannter Sprache gesandt, sondern zum
Hause Israels; (so auch Pius!) und nicht zu vie=
len Völkern, deren Worte du nicht verstehen
kannst; und wenn ich dich zu diesen sendete, so
würden sie dich hören. (Bedarf es mehr, als einfachen
Gerechtigkeitssinn, um heute das Recht auf Seiten des Pap=
stes zu erkennen?) Aber das Haus Israel will dich
nicht hören; denn sie wollen mich selbst nicht
hören; denn das Haus Israel hat eine harte
Stirne und ein verstocktes Herz; doch siehe, ich
habe dein Angesicht stärker gemacht, als das
ihre, und deine Stirne härter, als ihre Stirne.
Wie Demant und wie Kiesel habe ich dein An=
gesicht gemacht, fürchte dich nicht vor ihnen und
bebe nicht vor ihrem Angesicht; denn es ist ein
widerspenstig Haus!" Und der Profet folgt dem Worte
des Herrn; der Geist hebt ihn empor, und hinter sich hört
er die Stimme eines starken Getönes: "Gelobt sei die
Herrlichkeit des Herrn an ihrem Ort!" Und so
wird auch das Oberhaupt der Kirche emporgehoben werden über
seine Dränger und sie werden zur rechten Zeit mit Schrecken
vernehmen müssen die Stimme starken Getönes: "Gelobt

4 *

sei die Herrlichkeit des Herrn!" — wie sie der
heil. Vater fortwährend und an allen Orten
vernimmt zu seinem Troste und seiner Ermuthi=
gung."

35.
Pius IX. und die Wienerin.

Der 12. April — der Jahrestag, an welchem Se. Hei=
ligkeit Pius IX. beim Einsturze des Saales zu St. Agnese
1855 so wunderbar gerettet wurde — wird alljährlich zu Folge
eines Gelübdes vom Papste im genannten Kloster feierlich
begangen; so denn auch im Jahre 1860 unter großem Zusam=
menlaufe des Volkes. Wir theilen hier das Schreiben eines
durch Tugendhaftigkeit ausgezeichneten Wiener Bürgermädchens,
das dazumal in Rom war, an ihre Verwandten in Wien mit, wel=
ches das Glück hatte, dieser rührenden Feierlichkeit in allernächster
Nähe beizuwohnen. Es schreibt unter anderm also: „Der 12.
April war für mich ein Tag voll großer unerwarteter Freude …
Da schon mehrere Tage vorher Regenwetter war, so wollte Frau
— — mich nicht begleiten, und ich mußte allein gehen; ich zog
mich vorschriftmäßig an, nämlich ganz schwarz ohne Hut, nur
mit einem schwarzen Schleier und fuhr nach St. Agnese, denn
zu gehen wäre es nicht möglich gewesen, da es eine Stunde
außer Rom liegt, und die Straße von vielem Regen sehr schlecht
war. Kaum war ich in der Kirche, so kam auch schon der heil.
Vater und las die heil. Messe, während welcher ich und viele,
so an 7—800 Personen von seiner Hand die heil. Communion
empfingen; am Anfang der Messe wurden drei große goldene
Kelche mit Hostien auf den Altar gestellt, welche der heil.

Vater selbst consecrirte, und die wurden alle leer. Daß dies für mich eine große Freude war, können Sie glauben; doch das war noch nicht alles; als der heil. Vater die Kirche verließ und sich in das Kloster begab, folgten wir ihm Schritt für Schritt in der kühnen Erwartung, auch zum Fußkuß zu kommen. Nachdem wir schon einige Gänge überschritten hatten, da donnerte es auf einmal: „Halt! die Damen dürfen nicht weiter." Wir sahen ganz betrübt nach und blieben stehen, denn wir dachten, es müsse der heil. Vater doch wieder zurückkommen.

Plötzlich kamen einige Camerieri des heil. Vaters und halfen uns aus dem Traum; sie führten uns in den ersten Stock hinauf in einen Saal; da meinten wir schon den heil. Vater zu treffen, zum Fußkuß bereit; wie groß war aber unser Staunen, als die Thüre sich öffnete und wir statt dem heil. Vater eine reichgeschmückte Tafel erblickten, an die wir uns setzen und frühstücken mußten. Da war alles, was man sich nur wünschen konnte, Kaffeh, Milch, Thee, Chocolade; dazu feine Kuchen. Nachdem wir uns den Magen erwärmt hatten, kamen alle Sorten Gefrornes in allen Formen und Farben, zu welchem noch feines Biscuit kam. Die Tafel war auf das schönste geschmückt; in der Mitte war ein herrliches Bouquet von frischen Blumen, so groß, daß es kaum ein Mann zu halten vermochte; auch waren mehrere Vasen mit kleinen Confecten; die Kaffeh= und Thee=Services waren von Silber; es waren aber auch viele goldene Löffelchen; kurz es war hergerichtet, wie es für so hohe Gäste geziemend ist, denn es waren unter den Damen die Prinzessin Aldobrandini, die Fürstinnen Odescalchi, Orsini, Barberini und viele andere Damen vom höchsten Adel. Doch kann ich versichern, daß es nichts weniger als gespannt war. Da vergaß jedes auf Adel und

Ansehen und zwar mit Recht; haben wir ja doch vorher an
e i n e m Altare die heil. Communion empfangen, warum sollten
wir nicht auch an e i n e m Tisch beisammen sitzen? Es waren
alle so heiter; eines drückte dem andern die Hand, von allen
Seiten hörte man: Welch herrlicher Tag; der gute heil. Vater,
welche Freude hat er uns gemacht; wenn wir doch auch noch
zum Fußkuß kämen.

~ Die Herren, welche uns servirten, gaben uns gute Hoffnung;
ich muß sagen: die Herren, denn es waren keine Camerieri,
sondern die glücklichen Auserwählten, welche den heil. Vater
bei großen Feierlichkeiten in St. Peter in der Kirche herum=
tragen. Nur waren sie statt in rothem Damast ganz schwarz ge=
kleidet, mit weißen Handschuhen und weißer Cravate. Nach=
dem wir das uns von dem heil. Vater bereitete Frühstück voll=
endet hatten, wurden wir wieder hinabbegleitet und in den
Saal geführt, welcher im Jahre 1855 einstürzte, jetzt aber
ganz neu hergerichtet ist; da fanden wir zu unserer großen
Freude den heil. Vater, welcher unter dieser Zeit mit den an=
wesenden Cardinälen und den übrigen Herren ein Frühstück ge=
nommen hatte. Die Herren hatten bereits alle den Fuß geküßt
und mußten sich wieder entfernen; dann kam die Reihe an uns;
.... Als die Reihe an mich kam, küßte ich des heil. Vaters Fuß
recht oft und recht fest für alle meine Bekannten und Verwand=
ten; als ich mich von der Erde erhob und nochmals den heil.
Vater ganz glücklich und zufrieden ansah, da sah Er auch
ganz freundlich auf mich, und — und — gab mir die Hand.
Ich ergriff sie fest und küßte sie mit innigster Verehrung und
Dankbarkeit; dieses Glück wird mir mein Lebenlang nicht mehr
zu Theil, denn das ist eine ganz besondere Gnade, es war
daher auch für mich so überraschend und unerwartet, da so
viele hohe Damen vor mir den Fuß küßten und keine die Hand
bekam.

Zuletzt richtete auch Fürst Hohenlohe, ein Neffe des im Rufe der Heiligkeit verstorbenen Fürstbischofs Alexander von Hohenlohe, der gleichfalls Bischof (Erzbischof) und Groß=Almosengeber des heil. Vaters ist, einige Worte an mich. Er erkundigte sich, woher ich eigentlich bin; als ich sagte von Wien, da hatte er große Freude und sagte, daß die Wiener sich auch recht auszeichnen als gute Kinder der katholischen Kirche; da sagte ich dann, daß ich noch Verwandte und viele Bekannte in Wien habe; wie ich aus den Briefen sehe, so nehmen sie sehr Antheil an der Betrübniß des heil. Vaters. Fürst Hohenlohe trug mir auf, recht für den heil. Vater zu beten, gab mir den Segen für alle meine Verwandten und sagte: Gesegnet seien alle ihre Verwandten; sie sollen nur recht den heil. Vater in ihr Gebet einschließen; denn er bedarf sehr des Gebetes der Frommen. Als der heil. Vater fortfuhr, so hatten sich schon eine Menge Leute um den Wagen versammelt, welche den Segen des heil. Vaters erwarteten; als er aus dem Kloster trat und sich nach dem Wagen begab, da kniete alles nieder und bat um den Segen, welchen der heil. Vater auch ertheilte; beim Fortfahren machte noch ein stürmisches Evviva den Schluß; man hörte gar nicht die Glocken läuten, so stark riefen die Leute Evviva Pio nono! (es lebe Pius IX.), so lange sie noch den heil. Vater sehen konnten. Ich habe mir noch zur Erinnerung eine Rose aus dem Bouquet, welches auf der Tafel war, mitgenommen; diesen Tag will ich mein Lebtag nicht vergessen; denn ich kann ihn mit Recht unter die glücklichsten meines Lebens zählen." . . . .

Alle Braven und die bessere Klasse ehrt den heil. Vater wahrhaft kindlich; nur das faule Gesindel, das nichts arbeiten mag und gut leben möchte, das möchte gerne Revolution, damit sie denen, welche noch etwas haben, alles wegnehmen kön=

ten; da raisoniren sie über Alles — und keine Obrigkeit kann es ihnen recht machen; sie klagen über Noth und Elend, als ob sie unschuldig leiden müßten, und doch, wenn sie auch einen Tag mehr verdienen, als sie brauchen, so muß alles aufgehen bis auf den letzten Heller, wenn sie auch den andern Tag wieder nichts haben — sparen wollen und können sie nicht — haben sie viel, so verzehren, ja verschwenden sie viel — und diese, welche ihre kleine Wirthschaft nicht führen können, möchten der Obrigkeit vorschreiben, wie sie regieren soll . . . . Außer diesem Gesindel, welches die Revoluzionäre durchs Geld für ihre Zwecke erkaufte, denn dasselbe thut uns Geld Alles, lobt und liebt hier Jedermann den Frieden Roms.

Es ist in Rom ein sehr schönes und wunderthätiges Crucifix in einer Kapelle über-dem Kerker des heil. Petrus. Dieses ließ der heil. Vater in die St. Karlskirche am Corso bringen; sie ist die Nationalkirche der Mailänder und hat Ähnlichkeit mit der Karlskirche in Wien; nur ist sie noch viel größer als selbe. Zugleich verordnete der heil. Vater in dieser Kirche eine heil. Mission. Durch 14 Tage wurden täglich drei Predigten von den P. P. Jesuiten gehalten. Am 22. April war die feierliche General = Communion, welche der heil. Vater selbst austheilte. Die Kirche war um 6 Uhr voll, obwohl der heil. Vater erst um 8 Uhr kam; durch volle zwei Stunden reichte der heil. Vater selbst die Communion, bis er so ermüdet war, daß er weder sprechen noch den Arm erheben konnte; dann trat Fürst Hohenlohe an seine Stelle, welcher wieder durch einen andern Fürsten abgelöst wurde. Es dauerte bis 12 Uhr, bis alle communicirt hatten . . . .

. . . . Die Italiener schauen auch recht zum Beten; fast jeden Tag sieht man Processionen, welche die sieben Hauptkirchen besuchen. Besonders merkwürdig ist die Congregation der

Nobili; dieselben haben Mäntel von Rupfenleinen, wie man bei uns die Strohsäcke macht, und einen Gürtel von einem dicken Seil, auch sind sie barfuß mit Sandalen; da geht einer voraus mit einem Kreuz ohne Christus, oben ist eine Dornenkrone; dann folgen 10 — 12, welche Todtenköpfe und Armbeine von Todten tragen u. s. w. zum Zeichen der bußfertigen Gesinnung, daß der Tod alle: Edelleute, Reiche und Arme gleich macht und nur das Kreuz zum Himmel führt.

So schreibt also dieses schlichte Bürgermädchen aus Rom. Wahrlich schön und in kindlich gläubigem Sinne! —

36.
Papst Pius IX. und die Prophezeiung.

Im Jahre 1858 sind in kurzer Zeit nacheinander drei Kardinäle: Spinola, Fieschi und Gazzoli in Rom gestorben — und somit also der herrschende Volksglaube, daß Gott die Eminenzen zu dreien in die Ewigkeit abberufe, abermals von Neuem bestätigt worden. Der Kardinal Fieschi meinte schon vor anderthalb Jahren dem Tode nahe zu sein, und schickte zum heil. Vater um die päpstliche Benediction. In Deutschland hat jeder Beichtvater die Vollmacht, den Sterbeablaß zu ertheilen. In Rom aber müssen sich die Priester diese Fakultät durch ein förmliches Gesuch erbitten, und sie wird in der Regel nur den Pfarrern und Ordensvorständen verliehen. Wenn die Gefahr nicht zu dringend ist, wenden sich Sterbende, besonders vom hohen Range — unmittelbar an Se. Heiligkeit selbst um den Ablaß und Segen. Diese schöne Sitte befolgte also auch Se. Eminenz der Kardinal Fieschi. Der heil. Vater antwortete auf die Bitte mit der ihm eigenen Lebhaftigkeit:

„Ich ertheile den Segen, aber diesmal wird Se. Emi=
nenz noch nicht sterben." — Wirklich trat wieder alles
Vermuthen damals eine Genesung ein und erst nach anderthalb
Jahren also berief ihn Gott zu sich.

Einen ähnlichen Fall erzählt man von dem Senior der
Eminenzen, dem hochbetagten Kardinal Macchi. Der
alte Herr hatte einmal die feste Meinung, er müsse nächstens
sterben; er empfahl sich inständig dem Gebete Sr. Heiligkeit.
Der heil. Vater lächelte und erwiederte mit ermunterndem
Nachdruck: „O, Eure Eminenz werden noch zehn
Jahre leben und vielleicht darüber!" Dies geschah
im Jahre 1848. Der greise Kardinal (geboren 1770) lag in=
zwischen an schwerer Krankheit darnieder; aber er pflegte mit
Heiterkeit zu sagen: „Ich werde noch nicht sterben!
der heil. Vater hat mir zehn Jahre versprochen
Wirklich lebte Se. Eminenz noch mehr als zehn Jahre, da er
erst im verflossenen Jahre in das himmlische Vaterland hin=
überging.

37.
Pius IX. und eine merkwürdige Krankenheilung.

Unterm 3. Jänner 1857 wird aus Rom berichtet: Die in=
teressanteste Neuigkeit ist gegenwärtig das Ge=
rücht von einer durch den heil. Vater bewirkten
Krankenheilung. Der Kardinal Piccolomini erkrankte
und die Ärzte gaben alle Hoffnung auf; er schien dem Tode
nahe. Der Patient schickte daher zum heil. Vater um die Be=
nedictio in articulo mortis (um den Sterbesegen
mit vollkommenen Ablaß). Se. Heiligkeit lächelte und
sprach: „L' Eminenza non morira, anzi si alzera pre-

sto," d. h. „Se. Eminenz wird nicht sterben, sondern
bald wieder auf sein." Dieser Botschaft wurde der päpstliche
Segen beigegeben. Wirklich trat wieder alles Vermuthen so=
gleich eine wohlthätige Krisis ein, und der Kardinal befindet
sich in Rekonvalescenz. —

Eine gottselige arme Witwe, die vor einigen Jahren im
Rufe der Heiligkeit gestorben ist, hat früher vorausgesagt, daß
der Nachfolger Gregor XVI. sich in Amerika befinde, daß er
noch nicht einmal Bischof sei; in seinem Pontifikate werde er
auch Wunder wirken. Diese letzte Weissagung wurde im Be=
richte, der geschrieben, und, wenn ich nicht irre, gedruckt worden
ist, damals durch die Censur gestrichen. Jetzt, scheint es, ist
auch dieses in Erfüllung gegangen.

38.

Papst Pius IX. und die Excommunication.

Seitdem der Papst über die Kirchenräuber
und ihre Helfershelfer den Bannfluch (Excommu=
nication) ausgesprochen, nehmen Wahnsinn und
Selbstmord und plötzliche Unglücksfälle in Italien so
sehr zu, daß man deutlich den größeren Einfluß
des Satans auf die Verblendeten und die Strafe
Gottes darin erkennen muß. So wie der Blitz oft un=
versehens plötzlich aus heiterem Himmel niederfährt, so schmet=
tert auch manchen, der es nicht vermuthet, die Excommunica=
tion zu Boden. Um nur einige Belege dafür aus der neuesten
Zeit anzuführen: Als der Alterspräsident, General
Quaglia, die Namen der Deputirten aus der dem Papste
geraubten Provinz Romagna in Turin öffentlich ausrufen

wollte, stürzte er plötzlich vom Schlage getroffen zur
Erde nieder. Im Bewußtsein, daß dies eine Strafe des Him=
mels sei — sandte er schnell um einen Priester und versöhnte
sich vor seinem Tode mit der Kirche. — Eine Schauspieler=
truppe, die in Florenz ein schändliches Stück aufgeführt,
worin der heil. Vater verhöhnt wurde, fand auf dem Dampf=
schiffe ihren Tod in den Wellen. Eine freche Dirne,
welche bei diesem Stücke den Papst gespielt, war noch am sel=
ben Abend in Wahnsinn verfallen, in welchem sie sich aus
dem Fenster auf das Pflaster herabstürzte und todt blieb; ihre
übrige Gesellschaft fand darnach den Tod in den
Wellen.

Salvagnoli in Florenz (wo er den Kultusminister
abgab) hatte kaum durch ein Dekret das Konkordat mit dem
heiligen Stuhl außer Kraft erklärt, als er vom Schlage ge=
troffen wurde. Er ließ zwar einen Priester rufen, allein da er
sich weigerte, sein Dekret zu widerrufen, wurden ihm die hei=
ligen Sakramente nicht gereicht. — Ein Deputirter der
Nationalversammlung (der Romagna), welcher das Dekret ver=
faßt hatte, in welchem die Entthronung des heiligen Vaters
ausgesprochen ward, starb in Bologna eines plötzlichen un=
versehenen Todes. — Ein abtrünniger Priester
aus Subiaco, der als ein zweiter Judas eine wüthende Rede
gegen den Papst hielt, verfiel in Wahnsinn. — Unterm 19.
Mai 1860 wird aus Rom geschrieben: „Vor einigen Tagen
wurde das Volk lebhaft ergriffen durch den Tod eines
Gottlosen, welcher in ein Kaffeehaus gegangen war und mit
den Worten: „Geben Sie mir für zwei Kreuzer Excommunication“
ein Glas Branntwein gefordert hatte. Kaum hatte der Unglück=
liche das Glas in Einem Zuge geleert, so fiel er vom Schlage
getroffen um und war todt.—Ein Student, der in Rom

den Universitäts-Krawall gegen die Unterzeichnung der Adresse
an den Papst gemacht und öfter gesagt hatte, es sei besser zu
sterben, denn als Sklave der Priester zu leben, bekam plötzlich den Blutsturz und erklärte in der Todesgefahr vor
einem Priester und vor eigens berufenen Zeugen, er nehme
den frevelhaften, von ihm den geheimen Gesellschaften ge-
schwornen Eid zurück und bitte um Verzeihung des gegebenen Är-
gernisses. Er starb eines christlichen Todes. — Graf Spada
in Cesena (bei Bologna), der sich in der dem Papste geraubten Provinz zum Deputirten wählen ließ, war am Tage
nach seiner Wahl eine Leiche. — Als jüngst eine Abtheilung
päpstlicher Gendarmen unter Oberst Pimodan von dem
Streifzuge gegen die aus Toskana eingefallenen Freischärler
heimkehrte, klagte ein Offizier über seine Erschöpfung, die
ihm den Weitermarsch unmöglich mache. Oberst Pimodan
überließ ihm deshalb sein Pferd, das jedoch der Unglückliche
kaum bestiegen, als er herabgeschleudert ward, wobei ihm die
Hirnschale schwer verletzt wurde, daß er daran starb. Da fand
sich unter seinen Papieren der schriftliche Beweis, daß er bereits mit den Aufrührern in Unterhandlung
getreten war und die Zusicherung von 2000 römischen Thalern im Fall seines Desertirens erhalten hatte. — Ferner
wird der „Augsb. Postz." aus München vom 17. November
1860 also geschrieben: „Hier eingetroffene Briefe aus Rom
erwähnen des Gerüchtes, daß Se. Heiligkeit der Papst durch
göttliche Fügung einer Lebensgefahr entronnen sei. Man
erzählt sich nämlich: ein Engländer habe sich angemeldet
und um eine Privataudienz bei dem Papste gebeten. Ein Kammerdiener brachte die Bitte zur Kenntniß des heil. Vaters, welcher darauf erwiedert habe: „Ich spreche nicht mit Todten!"
Der Kammerdiener glaubte, es liege ein Mißverständniß vor,

wiederholte die Bitte des Fremden, erhielt aber dieselbe Antwort und entfernte sich sodann. Als er in das Vorzimmer trat, wo er den Fremden lebend verlassen hatte, traf er diesen als Leiche, ein Schlagfluß habe nach ärztlichem Gutachten sein Leben plötzlich beendigt. In den Kleidern des Fremden fand man zwei scharf geladene Revolver. Es läßt sich denken, daß diese Erzählung, wie sie hier allgemein circulirt, ungeheures Aufsehen macht. Ob der Vorfall so ist, wie er erzählt wird, muß die Zukunft beweisen. Ich theilte Ihnen dies nur mit, weil man dies Alles so allgemein erzählt". — Vor Gott ist, wie man aus diesen merkwürdigen Beispielen sieht, die Excommunication keine veraltete Waffe. Ja der Augenblick Gottes ist nahe. Jeder Tag bringt neue Zeichen, welche so zu sagen der Vorläufer einer allgemeineren Züchtigung sind. Die Zahl der Opfer des Schlagflusses und der Geistesstörungen nimmt in beachtenswerthem Verhältnisse zu — ein deutlicher Fingerzeig, daß Gott das bestätigt, was sein sichtbarer Stellvertreter auf Erden — der römische Papst — das Oberhaupt der von ihm gestifteten Kirche — anordnet und thut.

39.

Der heil. Vater und die Pilger aus allen Welttheilen zu Jerusalem.

Unter den verschiedenen zahllosen Adressen, welche dem heil. Vater in Rom in seiner gegenwärtigen bedrängten Lage zum Troste und zur Ermunterung aus allen Gegenden der Welt zugesendet werden, verdient besonders eine in jüngster Zeit eingelaufene wegen ihrer Sinnigkeit bemerkt zu werden:

es ist die Adresse der in Jerusalem zur Feier des Osterfestes zugegen gewesenen Pilger, welche aus allen **Welttheilen** zusammengeströmt waren, deren Wort in gewisser Beziehung eine Stimme des katholischen Erdkreises genannt werden kann. Unter diesen Pilgern befand sich der apostolische Visitator des heil. Landes: **Erzbischof von Ancyra Spacapietra.**

Hochderselbe las am Palmsonntag umgeben, von den Pilgern, in der heil. Grotte der Todesangst Jesu Christi am Ölberge eine heil. Messe, und weihte vor derselben mehrere Ölzweige von den uralten im heil. Garten Gethsemane noch stehenden Ölbäumen; ließ den größten dieser Zweige („palmam ex ramis olivarum" sagt die Adresse) durch die Frauen von Notre Dame auf Sion in zierliche Fassung bringen und übersendete diesen Ölzweig dem heil. Vater mit einem von a l l e n Pilgern unterfertigten Begleitschreiben, aus welchem ich folgende Stellen in deutscher Übersetzung hervorhebe:

„Heiligster Vater! Keiner ist, der nicht wüßte, keiner bis auf einen[1]), daß jetzt traurig Deine Seele und höchst bestürzt ist[2]), und daß wegen der Übel und Bedrängniß Deines Volkes die Herrlichkeit des Vaticans für Dich umgewandelt worden ist in die Todesangst (agoniam) von Gethsemani, und daß Du jetzt heißer betest: daß nicht die über dir erbaute Kirche des Sohnes Gottes mit der bittersten Bitterkeit erfüllt werde[3]). Denn nun scheinen nicht blos die Fürsten überein gekommen zu sein wider den Gesalbten des Herrn[4]), sondern, was ich nun unter Thränen sage[5]), auch Fremdlinge

---

[1]) Pf. 13, 1. — [2]) Matth. 26, 37. — [3]) Jsai. 38, 17. —
[4]) Pf. 2, 2. — [5]) Phil. 3, 1.

von Rom (alieni a sanguine Romanorum) wie jener
gottlose Aman als Fremdling der Perser, wie
die Schrift sagt[1]), und Ausländer, die Du als
der mildeste Mann auf der ganzen Erde[2]) auf=
genommen hast, sind in ihrem Übermuthe so
weit gegangen, daß sie das Reich, welches auf
der ganzen Welt gemäß seiner Ehrwürdigkeit
und Heiligkeit[3]) seit Jahrhunderten (a diebus
saeculi et annis antiquis)[4]) als das Erbgut Jesu
Christi und seines Apostels Petrus geehrt
wird, zu rauben und von Deiner Hand zu schnei=
den[5]) sich bestreben. . . . Damit sich jedoch eine
kleine Bethätigung meiner Treue zeige zu Dei=
nem Lobe und Ruhme[6]), so habe ich, der Min=
deste der Bischöfe, der ich nicht würdig bin ein
Bischof zu heißen, mir vorgenommen (proposui
in animo meo)[7]) zu opfern Gott dem Vater,
am Palmsonntag das reine Opfer, seinen Ein=
gebornen Sohn an jenem Orte, wo sein Schweiß
geworden wie Blutstropfen, das zur Erde nie=
derrann[8]), auf daß der Vater der Barmher=
zigkeit und der Gott alles Trostes[9]) seinen
Engel schicke, der Dich stärke[10]) und zu Dir
spreche gute und trostreiche Worte.[11]) Dort
habe ich auch eine Palme geweiht aus Ölzwei=
gen vom Garten Gethsemani, die von den Schwe=
stern unserer Frau auf Sion, deren Stimme

---

[1]) Esth. 16, 10. — [2]) Num. 12, 3. — [3]) 2 Macc. 3, 12. —
[4]) Macc. 3, 4. — [5]) 2. Reg. 28. — [6]) 1. Petr. 17. — [7]) Eccl.
1, 13. — [8]) Luc. 22, 24. — [9]) 2. Cor. 1, 3. — [10]) Luc. 22, 44.
— [11]) Zach. 1, 13. —

täglich, gehört im Lande Jerusalem[1]) wie die
Stimme einer Turteltaube, welche über die
Übel des Volkes Gottes seufzt, gefaßt worden ist. Und wer gäbe mir Flügel — wie einer
Taube, auf daß ich fliegen[2]) und selbst kom-
mend könnte tragen diesen Ölzweig, wie jener,
die Noe aus der Arche entlassen hat[3]), damit
Du ersehest, daß der Gott des Friedens Dich
befreien werde von Deinen zürnenden Feinden[4]), ja daß er Heil und Rettung schaffen
werde aus den Feinden selbst und von der Hand
Aller, die Dich umsonst gehaßt haben[5]). Auch
bin ich nicht allein, sondern die Menge der
Pilger, welche gekommen sind nach Jerusalem
zur Feier des Osterfestes[6]), hatte Ein Herz und
Einen Sinn[7]); denn alle Priester des Herrn
opferten das heil. Meßopfer mit mir für Dich;
und Männer voll Gottesfurcht (viri timorati)
und die gläubigen Frauen genoßen das Fleisch
des Menschensohnes, damit Du Dich freuest, und
Deine Freude vollkommen sei[8])."

Der Schluß dieses Schreibens enthält die gewöhnliche
Bitte um den Segen des heil. Vaters. Datirt ist dasselbe
vom Palmsonntag 1860, und unterzeichnet sind: Vincen-
tius Spacapietra, Erzbischof von Ancyra, Apostol. Visitator, dann 66 Pilger (darunter 4 Frauen), und zwar aus
Frankreich 25, aus den österr. Erbländern 12, aus Italien 13
(darunter 3 aus Piemont), aus Baiern 3, aus Nassau 1,

---

[1]) Cant. 2, 12. — [2]) Pf. 54, 7. — [3]) Gen. 8, 12. — [4]) Pf. 17, 48.
[5]) Luc. 1, 47. — [6]) Luc. 2, 41. — [7]) Act. 4, 32. — [8]) Joann. 1, 4.

Konstantinopel 1, aus Syrien 1, Malta 1, aus Amerika 2, Australien 1, Tripolis in Afrika 1.

Am Schlusse ist unterzeichnet der bekannte Convertit (Bekehrte) vom Jahre 1842 P. Maria Alphons Ratisbonne aus Straßburg, jetzt Seelsorger der Ehrw. Schwestern von Notre Dame auf Sion zu Jerusalem.

40.

Pius IX. als Beschützer treuer Liebe.

Vor einigen Monaten fand der Papst unter den Briefen, die ihm früh Morgens durch den Kämmerling überbracht wurden, und die wie gesagt, er alle stets selbst öffnet, auch folgenden:

„Heiliger Vater! Wie der liebe Gott, dessen würdiger Diener Sie sind, tragen Sie im Herzen einen reichen Schatz von Mitleid. An Ihr Herz wage ich mich zu wenden. Vor fünf Monaten hatte ich das Unglück Worten Glauben zu schenken, auf die ich nicht hätte hören sollen, aber sie wurden von einem so schönen, so sanften Munde gesprochen! Ich folgte diesen schönen, schmeichelhaften Worten, ließ mich von diesem Menschen bereden und verließ meine Geburtsstadt Neapel. Meine Mutter hat mir fluchen müssen, als sie mein Bett leer und verlassen fand. Ich bereue nun, was ich gethan, und bitte um Ihre Verzeihung, um Vergebung Gottes und um die Gnade, mein schuldiges Leben in einem Kloster zu Rom verbergen und in Reue und Buße beschließen zu dürfen." Darunter waren angegeben Name und Wohnort der Schreiberin, die nun Pius sofort zu sich rufen ließ.

Und als dieses reumüthige Mädchen zitternd vor Scham

zu Papst Pius IX. kam, was sprach er zu ihr? „Fürchte nichts, mein Kind," sagte er zu ihr, „der Dich rufen ließ, ist kein Richter, sondern ein Vater, der, wenn Du aufrichtig bereuest, verzeihen wird." Er ließ sich nun ihre ganze Geschichte erzählen, welche wie die aller Mädchen war, die ihrem Herzen auf Unkosten der Pflicht und des Verstandes folgen und ihr Leben den Träumen einer glühenden und leidenschaftlichen Einbildung opfern. Der Fehler, den sie sich hatte zu Schulden kommen lassen, war zwar groß, aber doch noch wieder gut zu machen. Der junge Mann, der die Schuld an ihrem Unglücke trug, gehörte einer adelstolzen, aber nicht reichen Familie an, die, wie der ganze Adel in Neapel, noch an den Vorurtheilen gegen Mißheirath hing und ihre Einwilligung zur Verheirathung mit der Tochter eines selbst reichen Bürgerlichen verweigerte. Die Arme gestand, daß sie mit dem jungen Manne zusammen wohne. „Und Du liebst ihn wirklich?" fragte Pius. — „Vielleicht weniger als Gott, gewiß mehr als mich," antwortete sie. — „Und Du vertrauest ihm?" — „Ja mit aller Festigkeit." — „Du wirst nicht wieder zu ihm zurückkehren, sondern in einem Kloster, in das ich Dich werde führen lassen, Gott bitten, daß er Dir verzeihe wie ich gethan habe."; So geschah es. Der Papst ließ alsogleich das Mädchen in ein Büsserinnenkloster abführen. Später ließ Pius den Geliebten des Mädchens rufen und fragte ihn: „Fühlen Sie die Kraft, sie wirklich glücklich zu machen?" — „Ja, und sollte es auf Kosten meines eigenen Glückes geschehen," antwortete der Gefragte; „ich schwöre es bei diesem Kreuze," auf das goldene Kreuz des Papstes zeigend. Der Papst entließ ihn, aber nach acht Tagen mußte er sich wieder bei ihm einfinden. Wie erstaunte er aber, als er, eintretend in das Gemach Sr. Heiligkeit, auch das vermißte Mädchen vor dem heil. Vater knieen sah! Der Papst wendete sich alsogleich zu ihm und empfing ihn mit den Worten: „das Hinderniß, das sich Ihrer Heirath entgegen gestellt, ist entfernt, bald können Sie Gatte sein." Und zu dem Mädchen sagte Pius: „Deine Mutter liebt Dich noch wie früher und verzeiht den Kummer, den Du ihr verursacht hast. Ebenso werden die Eltern Deines Geliebten Dich als Tochter aufnehmen." — Bei diesen Worten fiel auch der junge Mann auf die Kniee; die Thränen des Dankes und der Freude, die Beide weinten, gaben Zeugniß von dem edlen Werke, wozu ihnen der heil. Vater verholfen. Nachdem Beide auch im heil. Sakramente der Buße sich mit Gott versöhnt, wurden sie 14 Tage später in Gegenwart ihrer Eltern und Angehörigen in der Kapelle der Jungfrau getraut, und der Priester, der den Segen sprach, war — Pius IX.

41.

Papst Pius IX. und ein preußischer Pilger.

Als einmal der heil. Vater das Hospiz der Dreieinigkeit, ein großes Gebäude, in welchem die christliche Mildthätigkeit alle armen Pilger, die nach Rom kommen, aufnimmt und ernährt — besuchte, erfuhr er, daß am Morgen ein Pilger aus Preußen gekommen sei, und daß, da derselbe von den Strapatzen seiner Reise allzu ermüdet wäre, man an ihm nicht den ersten Gebrauch der Gastfreundschaft, die Fußwaschung, habe vollziehen können.

„So werde ich diese Ehre haben", sagte der Papst und verlangte, daß man den Pilger sofort hergeleite und ihm sage, der Papst wünsche ihn zu sehen. Alsobald erschien derselbe, sein Gesicht zeigte ein Gemisch von Glück und Furcht, er wagte nicht seinen Augen zu trauen.

Der Papst bemerkte seine Bewegung und redete ihn gütig an; hierauf gab er ihm einen Wink, sich niederzusetzen, und der heil. Vater kniete vor ihm nieder. Der Pilger fragte sich, was der Papst beginnen wollte, er allein saß da, umgeben von Kardinälen, der Papst zu seinen Füßen. Aber bald hatte er begriffen, was vorging. Verwirrt und beschämt wollte er sich der hohen Ehre entziehen, wie damals der heil. Petrus beim Abendmahle, als er den Heiland vor sich knieen sah. Aber während der Papst das Werk der Demuth, welches er unter= nommen, fortsetzte, sagte er ihm nur die Worte: „Bleibe, mein Sohn!" — Und er ließ nicht ab, bis er nach vollendeter Fußwaschung die Füße des armen Pilgers mit seinen Lippen berührt und ihm eine Unterstützung verabreicht hatte.

42.
Pius IX. ein Kinderfreund.

Eines Tages näherte sich ein Knabe dem heil. Vater und redete ihn mit den Worten an: „Nicht wahr, Du bist der Papst?"

„— Ja, mein kleiner Freund, ich bin der Papst," antwortete Pius IX.

Hierauf sagte das Kind weinend: „Ich habe keinen Vater mehr! ..."

— „Sei getrost, mein Kind," entgegnete der heil. Vater, ich werde dein Vater sein!"

Und sofort traf er seine Verfügungen, daß das Kind nach

einem Erziehungshause gebracht und dort auf seine Kosten erzogen werde.

* *
*

Einmal weinte ein Kind an dem Thore des Quirinal (päpstlicher Palast), als der Papst gerade in seinen Wagen steigen wollte. Die Wachen, fürchtend, daß das Geschrei den heil. Vater beläſtige, wollten das Kind fortjagen; er aber hieß es näher treten und fragte, warum es weine. Da erzählte das Kind ſchluchzend, sein Vater sei eben in das Gefängniß gesetzt worden, weil er eine Schuld von zwölf Thalern nicht bezahlen könne. Pius IX. wendete ſich zu den Personen, welche ihn begleiteten, und da keine derselben ihm die nöthige Summe zu leihen vermochte, kehrte er selbst, um sie zu holen, in seine Gemächer zurück und gab sie dem Kinde, welches sich freudig entfernte.

———

43.

Papst Pius IX. und der Bürgermeister.

Als Se. Heiligkeit Pius IX. noch Biſchof zu Imola war, so hatte er, obwohl von Achtung und Zuneigung umgeben, doch in dieser Stadt, wie dies in allen ſolchen Verhältniſſen unvermeidlich, einige Feinde. Sein Streben war, wie zu jeder Zeit so auch damals nur darauf gerichtet, auch dieſe wenigen Feinde sich zu gewinnen und es gelang ihm dies auch nach und nach.

Eine einzige Feindschaft wollte aber nicht weichen: es war jene des Gonfaloniere (Bürgermeisters) der Stadt. Die gute Gemahlin dieſes Bürgermeisters litt viel von den Ausbrüchen des Haſſes ihres Ehegatten gegen den Biſchof, und von den unangenehmen Auftritten, welche sie in Folge davon mehrfach mit demselben hatte. — Lange suchte diese würdige Frau ein Mittel, um eine Änderung in den Gefühlen ihres Gatten hervorzurufen. Endlich sollte sie Mutter werden, und dieser Umstand schien ihr ein Wink der Vorsehung, um die Versöhnung zu bewerkstelligen. — „Wenn der Bischof," sagte sie bei sich selbst, „bei diesem Kinde, das mir Gott schenkt, Pathenstelle vertreten wollte, so würde in der Seele meines Mannes aller Zwiespalt, aller Haß vor dem Bande der geistigen Verwandtschaft schwinden, welches den Kardinal an unser Kind fesselt."

Sie suchte in Folge dessen den Bischof auf und theilte ihm ihr Vorhaben mit. Der Bischof, Msgr. Mastai, dankte ihr und gab seine Zustimmung zu erkennen. „Ja," sagte er, „ich nehme es gerne an, Pathe dieses Kindes zu werden, und freue mich, auf diese Weise mir einen Freund mehr zu erwerben."

Aber es war noch eine Schwierigkeit zu überwinden. Wie die Verhältnisse standen, würde der Bürgermeister (Gonfaloniere) niemals die Eminenz darum ersucht haben, und der Bischof mußte daher die ersten Schritte thun. Die arme Frau eröffnete ihm ihre Befürchtungen.

„Sonst nichts?" antwortete gütig der Kardinal. „Wohlan, ich werde ihn selbst darum bitten."

Die Gelegenheit dazu ergab sich am folgenden Tage. Es sollte über die Verwaltung des Spitals der Stadt eine Berathung stattfinden, bei welcher der Bürgermeister natürlich nicht fehlen durfte. Nach Erledigung der Geschäfte ging der Bischof mit seinem gewohnten Wohlwollen gerade auf den Bürgermeister hinzu und sagte ihm, als ob er Alles vergessen hätte, was das Herz seines Feindes Bitteres und Böses im Innern verschloß:

„Mein lieber Graf, empfangen Sie meine Glückwünsche. Ich habe gestern Ihre Gemahlin gesehen, sie kam zu mir, um mir ihr gemeinschaftliches Glück mitzutheilen. Ihre Familie wird bald um ein Kind reicher sein; es ist dies eine große Freude, welche Gott Ihnen gewährt; ich theile Ihr Gefühl von ganzem Herzen. Beiläufig bemerkt, haben Sie schon einen Pa=then gewählt?"

„Noch nicht," antwortete kalt der Bürgermeister.

„Um so besser!" sagte hierauf der Bischof, dessen Blick und Wort eine Färbung noch größeren Wohlwollens angenom= men, „um so besser, ich wollte Ihnen einen vorschlagen, und — das bin ich."

„Sie . . . Eure Eminenz! . . . Niemals! Niemals!"

— Der Bürgermeister, ein sehr leidenschaftlicher Mann, war seiner nicht so mächtig, diesen Ausruf zurückzuhalten; hierauf die einfachsten Regeln des Anstandes und der Ehrfurcht miß= achtend, die er dem Bischof schuldig gewesen wäre in doppelter Beziehung, einmal, der hohen bischöflichen Würde wegen, und dann, weil der Bischof im Range und der Macht noch viel höher stand, hatte er ihm jedoch den Rücken gekehrt und sich entfernt.

Msgr. Mastai war tief betrübt, daß er dieses verstockte Herz nicht gewinnen konnte, aber seine christliche Liebe gab die Sache noch nicht auf, und er nahm sich vor, bei einer besseren Gelegenheit darauf zurück zu kommen.

Ein Monat verging, und der Bischof von Imola war Papst Pius IX. geworden. Da erhielt der Bürgermeister eines Tages von Rom aus ein Billet, welches die einfachen Worte enthielt:

„Den Bischof von Imola haben Sie als Pathen ausge= schlagen, würden Sie den Bischof von Rom annehmen?"

Die Antwort war leicht voraus zu sehen: alsogleich eilte

der Bürgermeister nach Rom in den päpstlichen Palast, um sich dem heil. Vater zu Füßen zu werfen und ihn demüthigst um Verzeihung zu bitten.

So also suchte Pius IX. durch seine zuvorkommende, stets geduldige Liebe alle Herzen zu gewinnen! Ja man darf es behaupten, daß diese heroische Liebe nicht selten die bitterſten Feinde in kurzer Zeit in die hingebendſten Freunde verwandelte! Wahrhaftig — eine solche Handlungsweise iſt apoſtoliſch — und würdig eines Statthalters Chriſti auf Erden!

44.

Pius IX. und der Bürger von Imola.

Ein sehr achtbarer Bürger von Imola befand sich wegen einer Zahlung, die er leiſten mußte, in äußerſter Verlegenheit. In dieſer seiner Noth wußte er sich an Niemand Andern als an den mildthätigen Kardinal zu wenden.

„Welche Summe haben Sie nöthig?" fragte der Kardinal.

„Vierzig Thaler," war die Antwort.

„Ich habe nicht einen Heller," sagte er, „aber nehmen Sie diese silbernen Leuchter und verkaufen Sie dieselben, Sie werden wohl dafür erhalten, was Ihnen fehlt."

Der Kardinal hatte dies für eine einfache Sache gehalten, und geglaubt, man könne große Pretioſen um einen billigen Preis überall gleich so ohne Anſtand verkaufen.

Der Goldarbeiter, zu welchem die Leuchter gebracht worden waren, hatte sie als Eigenthum des Kardinals erkannt. Er hielt deßhalb den Verkäufer in seinem Hauſe feſt und eilte nach dem biſchöflichen Palaſte.

„Sind Eure Eminenz nicht bestohlen worden?" fragte er den Bischof, sobald er zu ihm geführt worden war.

„Nein," entgegnete der Kardinal.

„Eben brachte man mir silberne Leuchter, welche ich als Eigenthum Ew. Eminenz zu erkennen glaubte."

Darauf erwiederte der Bischof, indem er an das vor wenigen Augenblicken gegebene Geschenk dachte:

„Meinen Dank für Ihre Theilnahme, mein Freund, aber beunruhigen Sie sich nicht, man hat mich nicht bestohlen. Kaufen Sie die Leuchter immerhin, wenn man sie verkaufen will und wenn sie Ihnen passen."

Mit diesen Worten entließ er ihn mit seinem gewohnten Wohlwollen. Der Goldarbeiter begriff, daß ein Geheimniß an der Sache sein müsse. Bei seiner Rückkehr hörte er nicht früher auf, den Verkäufer zu fragen, bis daß ihm dieser gestand, daß er vierzig Thaler benöthige und sich deßhalb an den Kardinal gewendet habe, welcher ihm, wegen Mangel an Geld, seine Leuchter gegeben habe. Dies war dem Goldarbeiter, der eine große Verehrung für den Kardinal im Herzen trug, genug, um auch seinerseits das möglichste zu thun. Alsogleich gab er dem Verkäufer die vierzig Thaler und eilte mit den Leuchtern in den bischöflichen Palast.

„Ich weiß Alles, Eminenz," sagte er freudig, „hier sind Ihre Leuchter; ich habe die vierzig Thaler gezahlt, und Sie mögen mir dieselben wiedergeben, wenn Sie können."

45.

Pius IX. und die Transtaveriner.

Die Transtaveriner sind Einwohner jenes Stadtheiles von Rom, der jenseits der Tiber liegt und den Namen Transtavere führt. Es ist dies das volkreichste Stadtviertel in ganz Rom.

Eines Tages nun verbreitete sich in Transtavere das Gerücht, Pius IX. liege krank darnieder. Auf diese Nachricht hin entstand eine große Bestürzung in der ganzen Stadt, besonders aber in jenem Stadtviertel. Alles Volk wollte nach dem Quirinal, um den Papst zu sehen und sich selbst von dem Zustande seiner Gesundheit zu überzeugen.

Da aber ein so zahlreicher Besuch für einen Kranken denn doch ein wenig zu geräuschvoll gewesen wäre, so entschloß man sich, nur eine Deputation hinzusenden. In Folge dessen begaben sich vier Transtaveriner in den Quirinal und verlangten den Papst zu sehen.

Es war kein Audienztag; der Papst war in seinem Studirzimmer beschäftigt, man wollte sie daher nicht vorlassen. Durch diese ablehnende Antwort wurde aber das Verlangen der Abgesandten nur noch mehr gesteigert.

„Dies ist ein sicherer Beweis, daß der Papst krank ist,“ sagten sie zu einander; „vielleicht ist die Krankheit gefährlich.“ Sie hielten Rath untereinander und baten dann von Neuem:

„Wir wollen den Papst sehen, wir sind Abgesandte von Transtavere, er ist krank, man verheimlicht es uns, man soll Se. Heiligkeit sagen, daß wir warten.“

Man erzählte dem heil. Vater den Vorfall und dieser befahl, die Transtaveriner unverzüglich eintreten zu lassen.

„Wohlan, meine Kinder," sagte er ihnen" als sie bei ihm waren, was gibt es? Was ist Euer Begehren?"

„Nichts, heil. Vater, wir wollen Sie nur sehen; in Transtavere hat sich das Gerücht verbreitet, Sie seien krank, und wir sind nur gekommen, uns zu überzeugen, ob es wahr wäre."

Der Papst dankte ihnen lächelnd und beruhigte sie über seine Gesundheit. „Ihr werdet Jedermann sagen," fügte er hinzu, "daß ich mich ganz wohl befinde, und daß Ihr mich bei der Arbeit getroffen habt." — Hierauf gab er ihnen seinen Segen.

„Heiliger Vater," sagten die Abgeordneten, indem sie sich zurückzogen, „möge Euere Heiligkeit überzeugt sein, wenn Sie unserer je bedarf, daß wir zur Hand sind."

Dies ist der Beweis, welche große Verehrung und Liebe der heil. Vater in Rom von allen edlen katholischen Herzen genießt!

46.

Pius IX., sein Tisch und sein Reichthum.

Pius IX. versagte sich gleich anfangs jeden Luxusge=genstand, verminderte die Zahl seiner Dienerschaft und ließ die Hälfte der Pferde verkaufen, welche in den päpstlichen Ställen standen. Für seine Tafel befahl er die größte Einfachheit, in=dem er zu seinen täglichen Ausgaben nur drei, höchstens vier Franken bestimmte, und als der Haushofmeister gegen ein solch einfaches Leben sich sträubte, sagte er: „Ich bin ein armer Priester Jesu Christi; und Sie werden daher Sorge tragen, meinen Tisch nach diesem Maßstabe zu bestellen." Und als man ihn fragte, warum er denn gar so wenig für sich verwende, antwortete er: „All mein Reichthum ist das Erbe meiner armen Unterthanen, die meine Kinder sind."

Diese große Liebe für Arme, Nothleidende, Unglückliche besaß er schon von frühester Zeit her. Er sparte sich manches vom Munde ab, um es den Armen zukommen zu lassen. So geschah es, daß, als er noch Bischof war, eines Tages ihm sein Haushofmeister ganz bestürzt meldete: „die fünfhundert Franken, welche sich heute Morgen in Ihrer Kasse befanden, sind verschwunden. Ich habe keinen Heller, um die Ausgaben für den morgigen Tag zu bestreiten."

Der Kardinal hatte nämlich wieder einmal die ganze Summe an Unglückliche vertheilt.

„Worüber beunruhigen Sie sich denn?" entgegnete er dem Haushofmeister; „hat uns der gütige Gott, welcher die Vögel des Feldes ernährt, nicht für jeden Tag unser Brot versprochen?"

„Euere Eminenz haben ohne Zweifel Recht," antwortete der Letztere, „nichtsdestoweniger bin ich darum nicht minder in Verlegenheit."

„Morgen ist Freitag, Fasttag," entgegnete lächelnd der Kardinal.

„Bringen Sie mir zum Frühstück Käse."

„Aber zum Mittagsessen! da hab ich noch nichts, was soll ich denn da bringen?"

„Abermals Käse," antwortete gleichmüthig der Bischof.

47

Papst Pius IX. und das goldene Kreuzchen eines jungen Mädchens.

Wie in der ganzen katholischen Welt, so ist's auch ganz besonders in Rom bei Frauen und jungen Mädchen ein schöner Gebrauch ein goldenes Kreuzlein am Halse zu tragen. Es ist dieses ein theures Kleinod, von welchem man sich nur in der äußersten Noth trennt.

Eine junge Arbeiterin war in Folge ihrer kindlichen Ergebenheit in diese harte Nothwendigkeit versetzt worden; sie hatte ihr goldenes Kreuz verkauft, um ihrer Mutter Brot zu verschaffen.

„Gute Mutter," hatte sie gesagt, als sie nach Hause zurückkehrte, „sei nicht verzagt! Hier ist Brot für einige Tage, denn ich habe mein Kreuzlein verkauft, so hart es mich ankam, um dafür Brot zu bekommen; auch habe ich eine freudige Nachricht zu bringen, denn man sagt, daß es wieder Arbeit geben wird, da Pius IX. in dieser Beziehung Anordnungen getroffen hat, damit die armen Leute sich wieder etwas verdienen können. Du sollst also nicht mehr Hunger leiden. Der gütige Gott wird uns nicht verlassen, und Pius IX. wacht über uns."

Diese Rede hörte eine edelmüthige, christliche Seele, welche selbe sogleich dem Papste hinterbrachte.

Am selben Abende noch erhielt das junge Mädchen aus dem päpstlichen Palaste ein Schreiben, aus welchem beim Öffnen ihr theueres goldenes Kreuzchen nebst fünf Goldstücken herausfielen.

In dem Briefe aber stand geschrieben:

„Mein liebes Kind! Du hast Recht gehabt, auf Gott zu hoffen, er läßt die kindliche Liebe nie zu Schanden werden; Du hatteſt auch Recht, auf Pius IX. zu hoffen, er wird machen, damit Du und Deine Mutter nicht mehr hungern."

Und richtig, dieſes Verſprechen ging in Erfüllung; denn der geheimnißvolle Briefträger erſchien häufig wieder und ließ jedesmal die Liebesgaben des heil. Vaters zurück.

48.
Der heil. Vater und die bulgariſche Deputation.

Wie bekannt, hat der heil. Vater Papſt Pius IX. einen eigenen Gebetsverein gegründet zur Bekehrung der ſchismatiſchen Orientalen. Wie wohlgefällig Gott die- ſes Gebet ſein muß, und wie ſehr es durch die Wolken zum Himmel dringt, zeigen bereits die vielen großartigen Bekeh- rung derſelben, indem ganze Dörfer, Gemeinden und ·Gegen- den in Siebenbürgen, Moldau, Walachei, Klein-Aſien u. ſ. w. in den Schooß der katholiſchen Kirche zurückkehren; ſo auch un- ter andern die Bulgaren .(Unterthanen des türkiſchen Kai- ſers), welche, um den heil. Vater um die Aufnahme in die Gemeinſchaft der Kirche zu bitten, eine eigene Deputation nach Rom ſandten, die von dem Superior der Lazariſten in Kon- ſtantinopel, Pater Boré, geführt wurde und am 8. April 1861 in Rom vom heil. Vater in feierlicher Audienz empfan- gen wurde.

Der Archimandrit Joſef (ihr erſter geiſtlicher Vorſte- her) hielt·folgende Anſprache:

„Heiligſter Vater! Wir werfen uns Ihnen zu Füßen, wir, die Vertreter der unirten Bulgaren und auserwählt, um Ihnen Zeugniß abzulegen von unſerer aufrichtigen Rückkehr zum Glauben unſerer Väter, die ehemals Kinder dieſer ˙nämlichen

römischen Kirche waren und in der Wiege sich mit der Milch
der reinsten Lehre nährten. So lange unsere Nation folgsam
und treu unter der Obhut des Vaters der großen christlichen
Familie, des rechtmäßigen Nachfolgers des heil. Petrus blieb,
welchem angetragen ward, die Lämmer und Schafe zu weiden,
waren wir glücklich und mit geistlichen und weltlichen Segnun-
gen überhäuft. Aber durch böses Beispiel und arglistigen Rath
verführt, unser Erbtheil zu fordern oder vielmehr zu nehmen,
traten wir aus dem Familienverbande, um in die entferntefte
und ödeste Gegend, in die des Irrthums zu gerathen. Ach!
während langer Jahrhunderte wurden wir mit Eicheln, d. h.
mit der unreinen Lehre des photianischen Schismas genährt, und
da wir vor Elend und Hunger vergingen, gedachten wir unseres Vaters, dessen, der uns wahrhaftig gezeugt und zum christlichen Leben geboren hat, und wir sagten: Erheben wir uns und
suchen wir ihn auf, mit Beschämung erkennend, daß wir gesündigt
haben wider den Himmel und wider ihn. Also, heil. Vater, kehren
wir nach Hause wieder, ermuthigt durch Ihren Zuruf, durch
die Stimme der Verzeihung, der Liebe und der Zärtlichkeit.
Wir können nur schwach die Gefühle unserer bulgarischen Brüder mittheilen, die sich mit uns in demselben katholischen Glau-
bensbekenntnisse einigen. Wenn noch einige aus Vorurtheil,
aus Unwissenheit oder anderer Hemmnisse wegen vor der Pforte
stehen bleiben, so wird der Segen, den Sie uns ertheilen werden, auch auf sie, wie wir hoffen, übergehen, und wir werden Alle wieder sein Eine Herde unter Einen Hirten
Amen.“

Der heil. Vater konnte bei dieser Anrede seine Thränen
nicht zurückhalten; als er seiner Bewegung Herr geworden war,
gab er in den herzlichsten Worten seine Freude zu erkennen, die
in den Schooß der Kirche zurückgekehrten Bulgaren vor sich zu

sehen. Der heil. Vater unterhielt sich lange mit der Deputation; Herr Boré machte den Dolmetscher. Pius IX. verlieh dem Archimandriten Josef den Titel eines Patriarchen, zu welchem er am folgenden Sonntag in der sixtinischen Kapelle geweiht wurde.

Bevor die Deputation sich entfernte, bat sie den heil. Vater um den päpstlichen Segen — die Bulgaren warfen sich auf die Erde — und Pius IX. segnete sie aus der Inbrunst seines Herzens im Namen des dreieinigen Gottes.

49.
Papst Pius IX. und Kaiser Napoleon III.

In den Jahren 1831 und 1832 waren in Italien durch eine geheime Gesellschaft, die sich Carbonari (d. i. Kohlenbrenner) nannten, und die mit ihren wahrhaft teuflischen Grundsätzen den katholischen Glauben ausrotten wollten, viele Unruhen angezettelt worden; man wollte vor allem Rom vernichten — und dem damaligen Papst Gregor XVI. (so wie jetzt Pius IX.) alles Eigenthum rauben. An dieser Empörung nahm auch Prinz Ludwig Napoleon (jetziger Napoleon III.) den leidenschaftlichsten Antheil und zwang sogar seinen ältern Bruder, der mit einer solchen Gesellschaft keine Freundschaft schließen wollte, mit ihm in die Reihen der Romagnolischen Empörer zu treten, so, daß dieser junge Mann, den Strapatzen des Feldzuges erliegend, zu Forli seinen traurigen Tod fand. Die Aufrührer (Insurgenten) jedoch wurden besiegt und Ludwig Napoleon irrte nun als Flüchtling verkleidet in den römischen Staaten umher, und da er weder nach Toskana noch in das Neapolitanische sich retten konnte, suchte er

II.   6

endlich bei einem hochgestellten Geistlichen, von dessen christlicher Liebe und Menschenfreundlichkeit er wußte, ein Asyl, indem er ihm seinen Namen offenbarte. (In Italien, wenigstens in den päpstlichen Staaten, haben die erzbischöflichen Behausungen, gleichwie die Kirchen, das Asylrecht, das heißt, wer einmal innerhalb dieser geweihten Mauern ist, durfte vom Gerichte nicht mehr verfolgt werden.) Dieser heiligmäßige Oberhirte, bei dem Napoleon in der größten Noth Schutz suchte, war der Erzbischof von Spoleto. Der Erzbischof nahm den Hilfesuchenden, der seinen Fehler zu bereuen schien, mit einer wahrhaft dem Evangelium entsprechenden Liebe auf und erwies ihm alles Gute in seinem Hause. Nachdem der Erzbischof ihn durch mehrere Tage als einen Gast beherbergte, wendete er sich mit vielen Bitten an Papst Gregor XVI. um für den Strafbaren einen Paß zu erlangen, der es ihm möglich machen sollte in sein Land zurückkehren zu können. Der Papst verweigerte dies; doch der Bischof bat wieder und abermals, und als dies alles nichts half, so besiegten endlich die Thränen des Erzbischofs die Strenge des Herrschers. Der Paß ward endlich dem strafbaren jungen Mann ertheilt — und so hatte Napoleon der Liebe dieses Erzbischofs wenn nicht sein Leben, so doch seine ganze Zukunft zu verdanken. Und wer war dieser Erzbischof, der dem gegenwärtigen Kaiser Napoleon III. einen so großen, überaus großen Liebesdienst erwiesen hat?

Dieser Erzbischof von Spoleto, nachher Erzbischof von Imola, war: Mastai-Feretti — gegenwärtig **Papst Pius** IX.

Und wie dankt jetzt Napoleon III. für diese unschätzbare Liebe, die ihm Pius IX. einst erwiesen? das weiß Jedermann. Da kann die Welt urtheilen über zwei Herzen!

Das ist noch nicht Alles. Es war im August 1861, als die

Mitglieder einer andern „geheimen Gesellschaft" dem Kaiser Napoleon durch Meuchelmord das Leben nehmen wollten.

Die römische geheime Polizei endeckte zuerst dieses Complott. Allsogleich schrieb der heil. Vater selbst einen Brief an Napoleon, wo er ihn benachrichtigte, daß er von dem revolutionären Comité zum Tode verurtheilt sei und daß ein unheilvolles Complott dazu in Paris in den untersten Schichten der Socialisten bestehe. Allsogleich ließ Napoleon die Verschwörer aufsuchen, die zu finden waren in die Gefängnisse werfen und in seinem Palaste zu seiner Sicherheit an 300 Thüren die Schlösser verändern. So verdankte Napoleon abermals der Mittheilung des Papstes höchst wahrscheinlich sein Leben — und wie dankte Napoleon dafür. Dies weiß ebenfalls alle Welt. O, die Angst vor dem Blutgerichte der revolutionären Comité's wirkt bei Napoleon mächtiger als der Trieb zur Dankbarkeit.

50.
Pius IX. und der französische Gesandte.

Als im Monate Mai 1859 der französische Gesandte, Herzog von Grammont dem heil. Vater ankündigte, daß ihm durch den Krieg werden viele Leiden bereitet werden, Frankreich aber ihn beschützen wolle, da durchschaute Pius IX. diese heuchlerischen Worte in ihrem Werthe, nahm dann ein Crucifix, zeigte es dem Herzoge und sprach:

„Herr Herzog, dieser ist es, auf den ich mein ganzes Vertrauen setze!" —

Also auf Gott allein setzt Pius IX. sein ganzes Vertrauen! Wahrhaftig ein felsenfester, apostolischer Glaube!

6*

Wie sehr muß eine solche Sprache, gesprochen vom Oberhaupte der Kirche, jeden Christen mit Begeisterung erfüllen, und in einem jeden Herzen die Liebe zu diesem Oberhaupte erwecken!

51.
Der heil. Vater — und der Landmann.

Es geschah in den Sommermonaten des Jahres 1846, als Pius IX. noch den Quirinal bewohnte, daß eines Tages unter andern auch ein Landmann an die Pforte des Palastes kam und den Papst zu sprechen verlangte. Man sagte ihm, daß dies unmöglich sei, indem der Papst für den Augenblick Niemanden empfange; er müsse daher wohl seinen Vorsatz aufgeben.

„Keineswegs," antwortete der Landmann, „ich will den Papst sehen und mit ihm sprechen, und wenn ich bis morgen warten muß, so werde ich lieber hier vor dem Thore schlafen."

Nachdem man den Papst von der Ankunft und dem Entschluße dieses Mannes unterrichtet, befahl derselbe, ihn vorzulassen. Aber wie groß war sein Erstaunen, als er in ihm seinen Milchbruder erkannte! Er empfing ihn auf das Freundschaftlichste, und nachdem er nach Neuigkeiten von seiner Nährmutter und seinem Geburtsorte geforscht, fragte er ihn, in der Besorgniß, er leide in irgend etwas Noth, weßwegen er wohl gekommen sei.

„Heiligster Vater," sagte der Landmann," es fehlt mir nichts, ich bin nur gekommen, um das Vergnügen zu haben, Sie zu sehen und über die Tage Euerer Heiligkeit zu wachen.

„Aber, mein Sohn," antwortete Pius IX. lächelnd, „ich habe schon genug Wächter."

„Dann," erwiederte der Landmann, „geben Sie mir irgend eine Beschäftigung, denn ich will in Ihrem Dienste stehen und den Trost haben, Sie zu sehen."

Der Papst verlieh ihm eine Anstellung; aber kaum verbrachte er so einige Tage in diesem seinem Amte, als er abermals zum Papste ging und ihm sagte, „daß er in dem Amte, welches man ihm übertragen, ihn nicht sehen könne," und nun äußerte er gleichzeitig den Wunsch in den Gärten arbeiten zu dürfen; „denn," fügte er hinzu, „ich hoffe da wenigstens, Sie leicht alle Tage, sehen zu können."

Daß der Papst diesem von Liebe und Treue eingegebenen Wunsche willfahren und ihm die erbetene Stelle im Garten verliehen hatte, läßt sich denken. Wer war nun glücklicher, als dieser Landmann!

52.
Der Krankenbesuch des heil. Vaters.

Unter den französischen Kirchenfürsten, welche sich nach Rom begeben hatten, um der Verkündigung der Glaubenslehre von der unbefleckten Empfängniß Mariä beizuwohnen, befand sich auch Monsignore Bouvier, Bischof von Mans. Dieser würdige Kirchenfürst hatte jedoch nicht mehr das Glück, die hohe Feier zu erleben; denn gleich nach seiner Ankunft in Rom erkrankte er, und starb nach einem kurzen Krankenlager von zwei Tagen noch vor dem 8. Dezember. Als Pius IX. von dem hoffnungslosen Zustande des kranken Bischofs gehört hatte, beschloß er ihn zu besuchen. Man wollte den heil. Vater von diesem Vorhaben abbringen, da man fürchtete, daß dieser Besuch den kranken Kirchenfürsten allzusehr ergreifen, somit schädlich sein würde; allein der Papst lehnte diese Vorstellungen mit den schönen Worten ab: „Der Besuch eines Vaters bringt dem Sohne niemals Schaden" — und er begab sich an das Bett des Kranken.

Als Pius IX. das Zimmer betrat, wollte der Bischof, welcher Freudenthränen vergoß, sich in die Arme des heiligen Vaters werfen; dieser hielt ihn jedoch zurück, und gab ihm seinen Segen. Bischof Bouvier hatte an demselben Tage die heilige Kommunion empfangen. „Ach, — rief er nun aus — „die göttliche Vorsehung spendet mir zu viel Gnaden; diesen Morgen habe ich meinen Gott und Herrn empfangen, am Abende empfange ich meinen Vater." Hierauf verlangte der hohe Kranke den Segen des heil. Vaters nochmals für sich, und dann auch für seine Diöcese. Die Unterredung des Papstes mit dem Sterbenden dauerte über eine Viertelstunde, und war so väterlich und rührend, daß der Kranke, als Pius IX. ihn verlassen hatte, zu seiner Umgebung sagte: „Niemals hat selbst mein Vater mit solcher Sorge und Liebe zu meinem Herzen gesprochen wie Papst Pius IX."

53.

Pius IX. und sein Aufenthalt in Porto d'Anzio.

Während des Aufenthaltes, den der heil. Vater auf einige Zeit seiner Gesundheit halber im Frühjahre 1862 in Porto d'Anzio nahm, machte der Papst dem Fürsten Borghese einen Besuch auf seiner Villa von Nettuno. Ein Thron war in dem Parke hergerichtet worden, und die Ceremonie des Fußkusses fand statt unter den grünen Eichen. Das Ganze hatte etwas Großartiges. Der Papst nahm eine Limonade, welche ihm der Fürst Marc-Anton knieend darreichte. Alle Untergebenen des Fürsten waren in großer Livree; die Pächter hatten das kräftige und freie Aussehen der dortigen Landleute, die sich schon lange Zeit rein und glücklich erhalten haben. Der heil. Vater kniete sich vor ein Bild der Mutter Gottes, betete mit der ganzen Begleitung drei Ave Maria und sprach dann ein Gebet, um den Segen der heil. Mutter Gottes auf alle Glieder der Familie Borghese herabzurufen. Hierauf machte er einen Gang um die ganze Villa, durchkreuzte die Wäldchen und Wiesen, blieb bei den Landleuten stehen, sprach mit Jedem und verbreitete um sich her Trost, Hoffnung und Liebe. Als er wieder in den Wagen stieg, erhoben die Bewohner von Nettuno und die Matrosen einen begeisterten Freudenruf.

Sonntag Abends war die ganze Stadt zu Ehren des heil. Vaters beleuchtet; eine Menge kleiner Schiffe durchfurchten den Hafen, geschmückt mit Fahnen und Fackeln; die Villa Borghese glänzte im bengalischen Feuer. Es war ein wunderschöner Anblick. Alle Musikchöre waren auf dem Meere. Jeden Abend warten die Fischer, bevor sie auf das Meer hinausfahren, bis Pius IX. an das Ufer kommt und bitten ihn ihre Netze und Barken zu segnen. Es ist ein köstliches Schauspiel in der Mitte dieser von der Sonne gebräunten Gestalten zu sehen, wie er Medaillen, Rosenkränze und Bilder austheilt. Alle zwei Tage schickt er Cigarren und Tabak in das Lager seiner Truppen. Der heil. Vater ist sehr leicht zugänglich und ertheilt sowohl Einheimischen als Fremden die gewünschten Audienzen."

54.

Pius IX. und die piemontesische Kriegsflotte.

Während des Aufenthaltes, den der heil. Vater auf einige Zeit seiner Gesundheit halber im heurigen Frühjahre in Porto d'Anzio nahm, ereignete sich ein merkwürdiger Zwischenfall. Er ging mit dem König von Neapel am Meeresufer spazieren. Da kam ein piemontesisches Kriegsschiff heran. Die aus den nahen päpstlichen Lager herbeieilenden Soldaten baten, das feindliche Fahrzeug in den Grund schießen zu dürfen. Pius IX. aber erwiederte: „Wo ich anwesend bin, darf man sich der Waffen nicht bedienen; ich kann hier nur beten." Als der feindliche Dampfer die drohende Bewegung im päpstlichen Lager bemerkte, zog er sich zurück.

55.

Pius IX. und der alte Benefiziat.

An einer der ersten Kirchen Roms befindet sich als Benefiziat ein braver Priester. Dieser ehrwürdige Mann hatte bereits das siebenzigste Jahr überschritten, und sein ganzes Leben hindurch sich durch getreue Erfüllung seiner Berufspflichten aus gezeichnet. Da ihn aber seine Kräfte nach und nach verließen, vermochte er nicht mehr mit derselben Treue seinen Dienst zu erfüllen. Alles gelangte nun auf eine unbekannte Weise zu den Ohren des heil. Vaters, welcher gleichzeitig in Erfahrung brachte, daß der wackere Priester selbst an der nothwendigsten Nahrung Mangel leide. Der heil. Vater, folgend dem An= triebe seiner Herzensgüte, ließ nun den Dekan des Kapitels jener Kirche kommen, an welcher der Benefiziat angestellt war, und theilte ihm mit, daß er das Einkommen des armen Priesters zu erhöhen gedenkt; gleichzeitig drückte Pius IX. den Wunsch aus, daß diese Erhöhung zu einem bestimmten Zwecke verwendet werden soll, welchen der heil. Vater dem Dekan unter Einem genau bezeichnete. Seitdem bekommt der greise Benefiziat jeden Tag, nachdem er seine Messe ge= lesen, bevor er seinen Chordienst antritt, eine gute Kraftbrühe, ein Glas alten Weines und einige andere Richten, die ihn in Stand setzten, mit der alten Kraft und Treue seinen Berufs= pflichten nachzukommen.

56.
Der heil. Vater und der polnische Bauer.

Unweit von Krakau liegt das Dorf Kassowa. Die Bauern dieses Dorfes, fromme und gute Katholiken, hatten vernommen wie sehr Papst Pius IX. von seinen Feinden ge= kränkt und verfolgt werde und daß er sogar von seinen eigenen ungehorsamen Kindern (den bösen katholischen Christen) vieles zu leiden habe. Darüber wurden diese gutherzigen Einwohner auf das schmerzlichste betroffen. Gerne wären sie Alle nach Rom gereist, um die Thränen des heil. Vaters zu trocknen, da dies aber nicht möglich war, so sendeten sie einen der Ihrigen, Namens Colomb dahin. Dieser edle Bauersmann machte sich heuer (1862) im Frühjahre auf und pilgerte nach Rom. Er benützte dahin weder eine Eisenbahn noch einen Wagen, sondern er machte die Reise zu Fuß, wie zu den apostolischen Zeiten, und fragte von Stadt zu Stadt, von Dorf zu Dorf, bis er nach sieben Wochen in Rom, der Hauptstadt der Christenheit, anlangte. Daselbst erhielt er beim heil. Vater Audienz, der ihn über verschiedenes befragte, ihn beschenkte und ihm zum Schluße seinen päpstlichen Segen für ihn, seine Familie, und alle Bewohner seines Dorfes ertheilte. Selig vor Freuden nahm der Bauer wieder seinen Stab und pilgerte der Heimath zu, wo er glücklich wieder nach mancherlei Reisebeschwerden in Kassowa anlangte und daselbst nicht nur allen seinen Nachbarn und Ortsbewohnern, sondern jedem Fremden nicht genug zu erzählen weiß von der Liebe, Sanftmuth und Güte Sr. Heiligkeit Pius IX. Eine eigene Andacht für den heil. Vater, um Gottes Segen über ihn herabzuflehen, wurde beschlossen und ausgeführt.

57.

Der heil. Vater und die Volksdemonstrationen in Rom.

Nach einer alten Sitte wohnt der heil. Vater, von den Cardinälen und hohen geistlichen Würdenträgern umgeben, alle Freitage des Monats März in der Sixtinischen Kapelle einer Predigt bei, nach deren Beendigung er sich in die St. Peterskirche begibt, um dort vor dem allerheiligsten Sakramente, dann vor dem Altare der allerseligsten Jungfrau und endlich vor den Gräbern der Apostelfürsten sein

Gebet zu verrichten. Dieser feierliche Kirchengang findet regelmäßig um halb 1 Uhr statt — und so auch heuer. Ein Augenzeuge schreibt darüber dem „O. B." Folgendes: „Eben komme ich vom Vatikan, wo eine ergreifende Scene sich ereignete. Der heil. Vater besucht herkömmlich jeden Freitag dieses Monats März die vaticanische Basilica mit den Cardinälen und höheren Prälaten. Die guten und loyalen Römer und Fremden hatten sich verständigt, ihm auf eine christliche Weise eine Demonstration (öffentliche Zeichen ihrer Liebe) zu machen. (Es war am 16. März 1860. Gewöhnlich sind in der Kirche um die Mittagszeit wenige Leute, die sich in den ungeheuren Räumen verlieren. Heute aber hatten wir kaum die große Konstantinstreppe betreten, so sahen wir vor uns eine große Menge, die den großen Porticus erfüllte und die, als der heil. Vater näher kam, den alten römischen Ruf hören ließ: S. Padre la benedizione (Heil. Vater, den Segen).

Knieend, die Hände emporgestreckt, harrten alle voll der edelsten Gesinnung; der heil. Vater und wir waren alle auf das tiefste gerührt. Der Zug hielt an, der heil. Vater segnete die überaus große Menge. Dann kam man in das große Atrium, wo dasselbe sich erneuerte, ja noch lebhafter. Alle, Hiesige und Fremde, drängten sich um den gemeinsamen Vater, weinend und betend.

Die Menge war so groß, daß die Gardisten und das Kreuz kaum vorwärts konnten. In der Basilika war das ungeheure Schiff voll; seit vielen Jahren sah man keine so große Menge. Tief bewegt, ja mit Thränen in den Augen, schritt der heil. Vater vor, segnend links und rechts die äußerst ergriffene Menge. Er verrichtete sein herkömmliches Gebet, und mit ihm beteten alle; die volle Kirche wurde lautlos. — Nie werde ich diese Stunde vergessen! Es war eine heil. Stunde!"

Ja — Gott segne den Papst, den Vater der Christen=
heit! Wahrhaftig, das katholische Gefühl ist nicht gestorben —
es lebt auf, mächtig zeigt es sich im heil. Gebete!

Ein anderer Bericht der jüngsten Tage aus Rom lautet
also: „Der Kardinal=Vicar hat als Vorbereitung für das
Fest der Apostelfürsten, 29. Juni, eine neuntägige An=
dacht angeordnet. Pius IX. findet sich jeden Abend, wenn
die angeordnete Betstunde beginnt, in der Vatikanischen Ba=
silika ein. Am 20. begab er sich zur Kirche St. Maria in Via
lata, die an der Stelle jenes Hauses erbaut ist, wo einst der
heil. Petrus und Paulus wohnten. Nachdem er dort sein Ge=
bet verrichtet, begab er sich zur St. Ignatius=Kirche. Wäh=
rend des ganzen Weges war der Enthusiasmus des Volkes ein
solcher, wie man nichts Ähnliches selbst im Jahre 1846 gese=
hen hat. Ein Jeder drängte sich an ihn. Alle wollten ihn sehen.
Ein nicht zu beschreibendes Gefühl von Schmerz und Liebe be=
wegte alle Herzen. In den Augen vieler Männer sah man Thrä=
nen. Viele riefen: „Nur Muth, heil. Vater! Nur Muth!
Sei standhaft; wir werden mit Dir sterben, wenn
es nöthig ist! Du bist ein Heiliger, Du bist ein En=
gel Gottes! Gott ist mit Dir! Segne uns!" u. s. w.
Und Pius IX., ganz überwältigt, schien für einen Augenblick die
Bürde seiner Schmerzen zu vergessen und gab sich ganz der
Menge hin. Ich bin oft Zeuge von Ovationen gewesen, die
man dem heil. Vater darbrachte; aber nie habe ich solch rührende
Scenen gesehen. Man erkannte da die innigste Liebe und Vereh=
rung, gesteigert durch das Vorgefühl der schrecklichsten Ereig=
nisse und durch die Kenntniß von all den Leiden, welche das
edle Herz dieses großen Martyrers quälen." —

Ähnliche Scenen ereignen sich gar oft. Mit welcher Be=
geisterung der heil. Vater am Osterfeste heuer überall empfan=

gen wurde, hat ohnehin alle Welt vernommen. Kurz, die treuen Bewohner Roms geben bei jeder Gelegenheit ihre An= hänglichkeit an das Oberhaupt der Kirche kund, und wird man des Papstes irgendwo ansichtig, so erschallen Zurufe, man schwenkt Tücher und Fahnen und dies geschieht Alles aus eige= nem Herzenstriebe.

58.
Pius IX. und die Römer.

Gerade zu einer Zeit, wo die Hölle von allen Seiten mächtig gegen den Papst, den Felsenmann, losstürmte und man von den Abgesandten derselben nichts anderes las und hörte als: „ans Kreuz mit Pius, ans Kreuz mit dem Stellvertreter Christi" — da zeigte sich so auf eine recht rührende Weise die Liebe und die Anhänglichkeit des römischen Volkes an das Ober= haupt der Kirche — an Pius IX.

Es war nämlich am 26. Jänner 1860, wo der heil. Va= ter, umgeben von einer zahlreichen Volksmenge, der Gegen= stand von Huldigungen war, wie sie kein anderer Fürst auf dieser Erde empfängt. Kaum war der heil. Vater unter dem Volke erschienen, so warfen sich die Einen vor ihm nieder, und drück= ten ihre Lippen auf seine Füße, die andern berührten seine Kleider. Die Einen sprachen zu ihm: „Du bist unser Va= ter und unser König, — nicht wahr, Du wirst uns nicht verlassen?" Andere riefen wie aus Einem Munde: Noch lange Jahre, lange Jahre für Pius!" — Papst Pius IX., mit freudestrahlenden Blicken und lä= chelndem Munde, hob sie vom Boden auf, reichte ihnen seine Hände und sprach zu ihnen: „Meine lieben Kinder,

ihr wollt also nicht, daß ich euch verlasse?" —
„Nein — nein!" rief Alles mit bewegter Stimme. Ein
Augenzeuge schreibt darüber: Ich hörte Stimmen aus den ver=
schiedenen Gruppen sich äußern: „Armer heil. Vater! o wie
sehr wirst du verkannt und verfolgt!" — Andere wieder: „Er
scheint sich sehr verändert zu haben, seit wir ihn zum letzten
Male sahen?" — „Was Wunder auch," antwortete man,
„thut man ihm doch so schweres Leid an." — „Man will
ihn mißhandeln wie die früheren Pius." — „Ei was,"
meinte ein Greis, „Gott gibt es nicht zu, daß ein Mann, wie
ich, drei Mal Eines und dasselbe erleben soll. Pius IX.
wird siegen, er hat die Mutter Gottes zu seiner Beschützerin."
— „Ja, das ist gewiß!" riefen Andere. —

Vor allen Andern fiel mir eine arme Frau auf, die dem
Papste auf seinem Weg folgte und in Einem fort ausrief:
„Der Herr segne Dich, heil. Vater! Der Herr segne Dich!"

Bei dem Anblicke dieser zu den Füßen Pius IX. knieen=
den Volksmasse konnte man sich der Thränen nicht enthalten
— und man mußte unwillkürlich an die von der Revolution
bezahlte böse glaubens= und sittenlose Rotte denken und aus=
rufen: Das sind also die beiden Mächte, die sich um die Welt
streiten; auf der einen Seite: die Religion, mächtig durch
den Glauben und die Liebe, an der Spitze der Stellvertreter
Jesu Christi, Papst Pius IX. „das Kreuz vom Kreuze"
— auf der andern Seite: die Revolution, getrieben vom
Geiste der Gottlosigkeit und des Hasses, an der Spitze die
Helfershelfer des Satans, die Abgesandten der Hölle, die
Kinder dieser Welt, stets bereit zu allen Schlechtigkeiten.

59.
Der heil. Vater und die Audienz am Osterfeste.

Der heil. Vater war zur Zeit des heurigen Osterfestes bei der großen Menge von Fremden mit Audienzen förmlich erdrückt. Um eines Theils die vielen Fremden zu befriedigen, andererseits auch den heil. Vater etwas zu schonen, wurden mehrere hundert Personen und darüber zur nämlichen Stunde in einen Saal im Vatican gerufen. Der Papst erschien, sprach mit Jedem einzeln einige freundliche Worte und schloß die Audienz mit einer herzlichen Anrede an Alle in französischer Sprache. Am grünen Donerstage gab der heil. Vater eine öffentliche Audienz in jener Abtheilung des vaticanischen Museums, wo die Landkarten aufbewahrt sind, weil dieser Gang sehr lang ist und sehr viele Leute faßt. Herren und Damen von Stand und Rang nach Hunderten — es waren 600 — warteten hier auf den heil. Vater — er kam, gieng zuerst der Reihe nach von Einem zum Andern, am Ende hielt er eine Anrede an Alle, worin er über die gegenwärtigen Verhältnisse, über die großen Gefahren und Kämpfe, die ihn und alle guten Katholiken treffen können, sprach: Es sei etwas Erhebendes, etwas Rührendes gewesen, wie alle Gegenwärtigen wie aus Einem Munde mit Begeisterung riefen: Sterben für den heil. Vater wollen wir — und als der heil. Vater ihnen dann sagte: Wenn ihr gute Kinder der katholischen Kirche sein wollet, seid ihr dann auch entschlossen, das und das zu thun? erscholl es wieder aus Aller Munde: Ja, ja heil. Vater. Und als er Alle fragte, werdet ihr es etwa nicht auch so und so machen, wie so viele schlechte, laue, ganz abtrünnige Kinder der Kirche? Da ertönte es wieder aus Aller Mund: Nein — nein.

Darnach gab er ihnen den Segen und entließ sie. Die Thränen in den Augen Aller gaben Zeugniß, von welchen Gefühlen deren Herzen bewegt waren! —

60.
Papst Pius IX. und Kaiser Ferdinand von Oesterreich.

Der Kaiser von Österreich hat heuer dem heil. Vater prächtige Priestergewänder, in weißer Seide mit Gold gestickt, mit Dessins von unnachahmlicher Feinheit, zum Geschenke gemacht. Sie bestehen aus einer vollständigen Kapelle: Casul, Dalmatika, Chorkappe, Manipel, Stola, Corporale u. s. w. Alle diese Ornamente sind aus moirirtem Seiden = Gros; die Goldstickereien auf weißem Grund machen einen herrlichen Effekt. Man bewundert den Reichthum und die Vollendung der Muster, die alle mit der Nadel und feinster Seide ausgeführt sind; die Farbenpracht ist so lebhaft, daß sie mit der Malerei wetteifern kann.

Im Jahre 1848 wurde die Arbeit von deutschen Ordensfrauen in Wien begonnen; es wurde somit 12 Jahre daran gearbeitet. Kenner schätzen den Werth auf 36,000 Thaler. Pius IX. soll, nachdem er die Munificenz des Kaisers sehr gelobt, scherzend gesagt haben: „Da ja der Nachfolger Petri heutzutage nur noch ein Bettler ist, sollte es ihm nicht erlaubt sein aus diesem kaiserlichen Geschenke Vortheil zu ziehen, indem er jeden 2 Paoli bezahlen läßt, der es besehen möchte?" Und richtig, diese prachtvollen Priestergewänder wurden in Rom zur allgemeinen Besichtigung ausgestellt und jedermann zahlte, um selbe sehen zu können, gerne 2 und noch mehr Paoli, welche Einnahme dem heil. Vater in seiner großen Noth wieder zu Gute kam. — Als Peterspfennig übersandte der Kaiser dem heil. Vater 200,000 Gulden.

61.

Papst Pius IX. und König Max von Baiern.

Der König von Baiern machte dem heil. Vater ebenfalls ein kostbares Geschenk, und zwar zwei gemalte Glasfenster, St. Petrus und Paulus darstellend. Dieselben ließ der heil. Vater über der Thüre zu der großen Ehrentreppe des Vatikans anbringen. Unter den Bildnissen der beiden Apostel ließ der König in das Glas einbrennen die Worte: „Pio IX. feliciter regnanti, das heißt: „Pius IX., dem glücklich Regierenden." Als der Papst diese Inschrift sah, sprach er lächelnd zu seinen Kämmerern: „König Max hat gut reden; er kennt nicht, wie ich, den Sinn dieses Ausspruches! Ich weiß wohl besser als König Max, was man unter dem Worte feliciter — glücklich — zu verstehen hat." Sodann setzte er mit derselben Gemüthlichkeit hinzu: „Ich finde, daß der heil. Petrus aussieht, als werfe er dem Paulus vor, daß er die piemontesischen Farben trage." Der Künstler hat wirklich den Apostel der Heiden in Weiß, Roth und Grün gekleidet. Man sieht, daß die Schmerzen der Gegenwart und der Vergangenheit die Ruhe unseres Heil. Vaters keineswegs erschüttert haben; es ist die Ruhe des Gerechten. —

62.

Pius IX. und die katholischen Bewohner von Berlin.

Am 13. Mai 1862 feierte Se. Heiligkeit Papst Pius IX. zum 70. Male sein Geburtsfest, und diesmal wahrhaftig unter verhängnißvollen Umständen; denn bei den Gefahren, welche ihn und seinen Sitz bedrohen, handelt es sich um keine territoriale Frage (das heißt um eine Frage über ein Stückchen Land), sondern um das größte sittliche Prinzip, von welchem die Menschheit sich nie lossagen kann und lossagen wird, denn wie vielfach sie auch in kirchlichen Meinungen sich theile und unterscheide, an dem Dogma des Rechtes wird sie, als an der Grundbedingung ihres eigenen Seins und Bestehens, im Ganzen immerdar festhalten, und darum ist die Angelegenheit des Papstes nicht blos die der katholischen Welt, nein — sondern in Wahrheit eine Weltangelegenheit überhaupt. Daher auch die große Theilnahme, die der heil. Vater findet von allen Menschen der Erde, deren Gewissen das Rechtsbewußtsein bewahrt. Überzeugt, daß dem heil. Vater die Kundgebung kindlicher Liebe, mag sie von wem immer kommen, gewiß freuen wird, haben auch die Katholiken Berlins demselben zum 70. Geburtstage Glückwünsche gesandt. Er ließ darauf denselben voll Freude über diese Aufmerksamkeit durch seinen Staatssecretär folgendes Antwortschreiben zusenden: „Der heil. Vater hat die von Ihnen im Namen der Katholiken Berlins dargebrachten Glückwünsche zu seinem 70. Geburtstage mit Genugthuung und Wohlwollen entgegen genommen und dankt mit seinem apostolischen Segen. Cardinal Antonelli."

63.

Papst Pius IX. und die napoleonische Schaukelpolitik.

Als der französische Gesandte, Herr von Lavalette, während seiner letzten Audienz beim heil. Vater (schreibt die A. A. Z.) demselben genau seine vom Kaiser Napoleon erhaltenen Instruktionen entwickelte, in Folge deren Herr v. Lavalette dem Papst dringend zur Versöhnung und Verständi-

gung mit Italien rieth (als ob der Papst Ursache der Unruhen
wäre), habe der heil. Vater ein eben vom Kaiser aus Paris er-
haltenes Schreiben hervorgezogen, welches gerade das Gegen-
theil von dem enthielt, was Napoleon seinem Gesandten als
Verhaltungsbefehl gegeben. So wurde denn abermals das zwei-
deutige Spiel Napoleons entdeckt, wodurch er wiederum
zeigte, daß er anders spricht und anders handelt. Lavalette
aber, der auf Befehl Napoleons seine Besuche beim Papste
neuerdings fortsetzt, ganz natürlich aber vergeblich, mußte vom
Papste bei Gelegenheit, als er unlängst den französischen General, Grafen von Montebello, Sr. Heiligkeit vorstellte, folgende Worte hören: „Sie haben einen Gesandten," sagte der
Papst gegen den General gewandt, „einen Gesandten, dessen
Aufrichtigkeit ich schätze; er geht nicht zur Rechten und nicht
zur Linken, und spricht stets, wie er denkt; er macht mir demnach immer dieselben Vorschläge, ich mache immer dieselben
Einwendungen und so geht das bei uns recht gut," dann gegen
Lavalette sich wendend, fügte Se. Heiligkeit hinzu: „Mein
lieber Herr Gesandter, sagen Sie mir indeß, wenn Sie's wissen, wie kommt es, daß Sie Ihre Vorschläge immer an mich
als den Unterdrückten richten, und daß Sie nie etwas von dem
Unterdrücker verlangen, bei dem Sie doch so viel gelten? Vielleicht theilen Sie Ihre Gedanken dem Turiner Kabinet in ge-
heimer Weise mit; allein, wenn Sie sich offen und ehrlich an
den König von Sardinien wendeten, an seine Minister und
sein Parlament, so würden Sie wohl auch eine klare Antwort erhalten, und wüßten, woran Sie sind. Glauben Sie
mir und richten Sie sich darnach. Hier sind wir unbeweglich,
gebunden durch Rücksichten auf den Glauben, die Kirche, das
Recht, die Ehre, die Gerechtigkeit. Dort ist Bewegung, Fort-
schritt und jene Principien, welche alles erlauben, was Ehr-

7 *

geiz, Geldgier und Herrschsucht verlangen. Dort sind die Con=
cessionen leicht und natürlich. Sie müssen sich, ich wiederhole
es, an den König von Sardinien wenden und nicht an den
Papst." Mit einer solchen Offenheit sprach Pius IX. die
Worte der Wahrheit. —

64.
Der Papst und der Bischof.

Bekanntlich haben in Rußland die Katholiken um ihres
Glaubens willen sehr viel zu leiden; nicht nur werden sie mit
allen erdenklichen, moralischen Mitteln, sondern selbst durch
Gewalt zum Übertritt zur russisch = griechischen Kirche, also zum
Schisma, das ist zur Trennung von der römisch = katholischen
Kirche gezwungen. Die gräuelhaftesten Scenen gingen dabei
oft vor, und die öffentlichen Blätter berichteten uns nicht selt=
ten von Verfolgungen und Kerkerstrafen, wie es zu den ersten
Zeiten des Christenthums von Seite der Heiden üblich war.
Ganz natürlich, daß es den katholischen Bischöfen in Rußland
nie erlaubt war mit dem Oberhaupte der Kirche, dem Papste,
persönlich oder auch nur brieflich zu verkehren. Seit mehreren
hundert Jahren kam kein Bischof aus diesem Reiche nach Rom.
Doch was noch nie geschah, sollte im Jahre 1862 geschehen. Der
russische Kaiser, von seinem Volke gedrängt, gab demselben und
somit auch den Katholiken, mancherlei Freiheiten, obwohl selbe noch
sehr Vieles zu wünschen übrig lassen. Und so durften denn auch heuer
zur Heiligsprechungsfeier der 23 Martyrer zwei Bischöfe aus
Russisch = Polen nach Rom reisen, der Kaiser gab sogar das
Reisegeld dazu, wovon einer der Bischof von Zitomir war.
Als er bei dem Papste eintrat, breitete dieser die Arme gegen

ihn aus, und weinend sank der Bischof vor ihm nieder. Auch
Pius IX. konnte sich, tief bewegt, der Thränen nicht enthal=
ten und sagte zu ihm: „Sind Sie endlich da, mein verehrter
Bruder! Noch kein Bischof Ihrer theuern Nation ist seit der
Spaltung zum Papst gekommen. Sagen Sie mir, wie steht es
in Ihrer Diöcese?" Und der Bischof von Zitomir, Msgr. Be=
rowski, erstattete dem heil. Vater vollständigen Bericht über die
Ereignisse, welche in Rußland die römische Kirche nahe berühren.

65.

Papst Pius IX. und die Protestanten.

Daß die Gerechtigkeit der Sache, für welche der heilige
Stuhl jetzt kämpft, von Niemand verkannt wird, der überhaupt
noch Sinn für Wahrheit und Recht besitzt, ist unläugbar. Daß
selbst Nichtkatholiken dem edlen Kämpen, Pius IX. baldigen
Sieg über die Revolution und ihre Begünstiger wünschen, ist
gleichfalls bekannt. Aber unerwartet, merkwürdig ist die That=
sache, daß selbst edle Protestanten sogar zur mate=
riellen Unterstützung des heil. Vaters beitra=
gen. Es haben nämlich die Protestanten von Mecklenburg dem
heil. Vater dreitausend Gulden durch Se. Excellenz den
hochw. apostolischen Nuntius übersandt mit folgendem Begleit=
schreiben:

Excellenz!

Unter den Gaben, wodurch die Gläubigen der ganzen Welt dem
heil. Vater ihre ehrfurchtsvolle Theilnahme an seiner heiligen Sache
und ihren Eifer für die Vermehrung der Mittel zu einem schmerzlichen
aber fast unvermeidlichen Krieg zu beweisen bestrebt sind, ist diese
kleine Summe, zweifelsohne die allergeringste. Dennoch möchte

dieselbe einige Berücksichtigung verdienen, da Protestanten dazu beigetragen haben.

Sollten Ew. Excellenz geruhen, diese kleine Summe nach Rom gelangen zu lassen und für gut finden, dem heil. Vater den Inhalt der hier beiliegenden Liste mitzutheilen, so würde Se. Heiligkeit daraus mit Befriedigung ersehen, daß die Beitragenden Protestanten sind, welche der ruhigen, aber unerschütterlichen Standhaftigkeit, die der heil. Vater — allein unter allen Souveränen — dem Aufruhr und der Gewaltthätigkeit entgegensetzt, ein Zeichen ihrer Verehrung darzubringen wünschen.

Genehmigen Ew. Ecellenz ꝛc. ꝛc.

Aus Mecklenburg, 17. Februar 1860.

Die beiliegende Liste enthielt die Namen der Geber, mit Ausnahme von fünf, die nicht genannt sein wollten. Unter den Gebern waren auch hochadelige, gräfliche und andere edle Familien Norddeutschlands. Ist das nicht ein Triumph für die Sache Gottes, wofür der Papst mit Leib und Leben einsteht! —

66.
Papst Pius und die Böhmen.

Bekanntlich haben alle guten, aufrichtigen Söhne der heiligen katholischen Kirche im Jahre 1860 dem Oberhaupte dieser Kirche, nämlich dem von Ungläubigen und von bösen Kindern so sehr geschmähten und verfolgten Papste Pius IX. „Ergebenheits-Adressen" zugesendet, worin sie ihn, als ihren geistlichen Vater, wie's sich für brave Kinder geziemt, in seiner traurigen Lage zu trösten suchten, dadurch, daß sie ihm ihrer Liebe, Anhänglichkeit und Treue versicherten und ihm sagten, daß sie jederzeit mit Muth und Standhaftigkeit den heiligen katholischen Glauben bekennen werden, welches Bekenntniß sie auch durch ihre eigene Unterschrift der anliegenden Adresse vor den Augen der Welt offen zeigen. Ganz natürlich war dies den Feinden der katholischen Religion und den eigenen bösen Kindern der katholischen Kirche nicht recht, daß eine solche offene Kundgebung zur Freude der Engel und aller guten Menschen zu Stande komme, weßhalb sie allen ihren Einfluß anwendeten, um die Gläubigen von einem solchen Unternehmen abzuhalten. Die albernsten Dinge wurden da erdichtet und in die Welt posaunt, als: Wer sich unterschreibt, muß dann nach Rom — oder muß später eine Zahlung leisten — und anderer Unsinn wurde dem Volke vorgemacht. Durch diesen Geist der Bosheit und Lüge ließ sich höchst selten nur hie und da ein Schwacher oder Dummer bethören. Das glaubensstarke, seiner Kirche treuergebene Volk dagegen kehrte sich wohl nicht im mindesten an dieses grundlose Zugeflüster, sondern lief schaarenweise an Ort und Stelle, wo die Adresse zur Unterschrift auflag, und man unterschrieb die Adresse freudig mit den Worten: „Ich will meinem heil. Vater diesen Trost, diese Freude bereiten, denn ich bin Katholik und mit Gott, der mich stärkt, will ich ein solcher auch fürderhin bleiben."

Unter den aus allen Welttheilen zu Tausend und Tausenden an den heil. Vater gelangten Adressen wollen wir hier nur zwei anführen, und zwar die von der böhmischen Landgemeinde Tschachwitz, weil selbe ganz besonders Zeugniß ablegen von dem in Liebe thätigen Glauben der katholischen Bewohner derselben.

In dieser Gemeinde wollten nicht bloß die Männer, sondern auch die Frauen und die größeren Kinder dem heil. Vater schreiben, da ja der göttliche Heiland die Kinder ganz besonders eingeladen, sich Ihm und also auch Seinem Stellvertreter zu nahen. Wir lassen hier beide Adressen folgen, und zwar zuerst jene der Männer:

Heiligster Vater!

Unsere Gemeinde ist zwar klein und darum auch schwach nur unsere Stimme. Aber wir sind doch auch Glieder der heiligen katholischen Kirche, wir sind doch auch Deine Kinder! Darum wollen wir es auch laut aussprechen und öffentlich bekennen, daß wir Dich, Heiligster Vater! als den Statthalter Christi, als das Oberhaupt unserer heil. Kirche ehren, Dich als unsern Vater innigst lieben; jenen gottlosen Frevel aber verabscheuen und verdammen, der es wagt seinen ruchlosen Arm gegen Dich zu erheben, seine räuberischen Hände gegen das Erbgut der heil. Kirche auszustrecken. Wären wir reich, freudig legten wir Millionen Dir zu Füßen, wären wir mächtig, willig stellten wir Legionen Dir zu Gebote! Da wir dieses aber leider nicht sind, so wollen wir zu Ihm, dem Herrn der Heerschaaren beten, daß Er Seine Kirche umso mehr durch Dich verherrliche, je mehr seine Feinde sie unter Dir zu schwächen, ja zu zerstören drohen.

Möge, Heiligster Vater! die Liebe Deiner Kinder Dich trösten, uns aber Dein Segen beglücken. Um diesen Segen fleht in tiefster Ehrfurcht zu Deinen Füßen

die Pfarrgemeinde Tschachwitz.

Die andere Adresse der Frauen und Kinder lautet:

Heiligster Vater!

Das, was unsere Männer, unsere Väter und Brüder Dir verheißen, dasselbe, dazu drängt uns mächtig unser Herz, dasselbe wollen auch wir, ihre Weiber, Schwestern und Kinder, Dir geloben. Ja öffentlich und feierlich bekennen auch wir, daß wir Dir, dem Oberhaupte unserer heil. Kirche, dem Stellvertreter unsers Heilandes, dem allgemeinen Vater der Christenheit heiligen Gehorsam, treue Anhänglichkeit, innige Liebe schulden und zollen.

Wie sehr muß jener Ungehorsam, jene gottlose Empörung so vie=
ler entarteter Kinder Dein Vaterherz kränken! Wir wissen am
besten, wie tief ein entartetes Kind der Eltern Herz verwundet.
Weil wir aber in unserer Schwachheit nicht helfen können, so
wollen wir um so demüthiger und inbrünstiger zum Allvater im
Himmel beten, daß Er Dich gnädigst schütze, tröste und stärke,
besonders aber alle Deine Feinde bekehre, auf daß so Dein Sieg
um so herrlicher, Deine Freude um so vollkommener sei.

Wir Mütter wollen unsere Ehrfurcht und Liebe gegen Dich
besonders dadurch beweisen, daß wir mit Gottes Gnade unsere
Kinder von zarter Jugend an im Glauben unserer heiligen Kirche
erziehen, und so sie zu wahren Christen, zu edlen Menschen, zu
Erben des Himmels bilden. Wir stellen sie, Heiligster Vater! im
Geiste vor Dir hin, und flehen in mütterlicher Liebe für sie um
Deinen Vatersegen!

Wir Kinder aber versprechen zum Beweise, daß es unser
ernster fester Wille sei, Dich, unsern Heiligen Vater als Stell=
vertreter Gottes immer zu ehren und zu lieben, zu diesem Beweise
versprechen wir, das vierte Gebot immer treu und gewissenhaft
zu erfüllen; unsere Eltern, wie auch deren Stellvertreter stets zu
ehren, zu lieben, ihnen zu gehorchen, für sie zu beten und so
Deines wie des himmlischen Vaters Segen immer würdiger zu
werden.

Um diesen Segen flehen wir alle, Heiligster Vater! in tief=
ster Demuth und kindlicher Ehrfurcht zu Deinen Füßen liegend.

Pfarrgemeinde Tschachwitz am heiligsten Namensfeste Jesu,
unseres göttlichen Heilandes, d. i. am 15. Jänner 1860.

67.
Die mächtigsten Streiter für Pius IX.

Als der heil. Vater Pius IX am 8. Dezember 1854 von seinen Cardinälen und vielen Bischöfen umgeben, in der St. Peterskirche zu Rom das große Dogma von der unbe= fleckten Empfängniß Mariä aussprach, hob der Wind zuweilen den Vorhang an einem der Fenster in der hohen Kuppel; dann fiel der durch das Fenster eindringende Sonnenstrahl gerade auf das Antlitz des celebrirenden Papstes. Ist das nicht eine glückliche Vorbedeutung des Schutzes, den die allerseligste Jungfrau Maria damals dem heil. Vater für kommende schwere Zeiten versprach?

In der Verehrung der Mutter Gottes wetteifert Pius IX. mit den größten und heiligsten seiner Vorgänger. Er bezeugte sie nicht nur durch jene große, wahrhaft welthistorische That der Dogmatisirung der unbefleckten Empfängniß, sondern auch durch zahlreiche Krönungen von Marienbildern, wie sie in Ita= lien üblich sind und jedesmal mit großer Feierlichkeit vorgenom= men werden. Im Kirchenstaate allein wurden die berühmten Gnadenbilder von Rimini, bei St. Augustin und St. Dama= sus in Rom, in Tivoli, nebst vielen anderen auf Veranlassung oder auf Kosten des Papstes mit kostbaren Kronen geziert; das= selbe geschah auf seine Anregung in vielen anderen Orten Ita= liens, unter Andern in Florenz, wo der Großherzog dem be= rühmten Bilde der Verkündigung Mariä eine Krone von 4000 fl. im Werthe widmete.

Die Königin der Heiligen führt aber noch eine mächtige Schaar jener Heiligen und Seligen für Pius IX. in's Feld, die er während seines glorreichen Pontifikats kanonisirt oder selig gesprochen hat. Am 7. Okt. 1850 nahm Pius IX. Marianna Paredes y Flores, geboren zu Quito in Südamerika am 21. Oktob. 1618, unter die Zahl der Seligen auf. Diese Jungfrau lebte nur 26 Jahre, und war ein Wunder jeglicher Tugend, insbesondere der Keuschheit, so daß sie die Lilie von Quito genannt wurde. — Am 21. Sept. 1851 fand die Seligsprechung des ehrwürdigen Peter Claver statt, eines gebornen Spaniers, der 40 Jahre hindurch in Karthagena in Amerika ein Apostel der Neger gewesen, und die Kräfte seines Lebens in den heil. Bemühungen, dieselben zu bekehren, aufwandte, ihre Sitten, so wie auch ihr Loos zu mildern, nie ermüdete, und den Einfluß, den die Heiligkeit seines Amtes und die Macht seiner Liebe auf die Gemüther der Besitzer und Kaufleute ausübte, zu ihrem Besten geltend machte. — Am 29. Sept. desselben Jahres wurde selig gesprochen der ehrwürdige Johannes de Britto, ein Portugiese und Apostel von Madure in Indostan, der um des Glaubens willen auf Befehl des Fürsten der Maavi gemartert worden. — Am 30. Okt. 1851 geschah die Seligsprechung des Martyrers Andreas Bobola, geboren im Palatinate von Sandomir 1592. Er arbeitete im Weinberg des Herrn in Mitte der Verwüstungen, Mordthaten und Plünderungen, wodurch die wilden Moskowiten und Kosaken das kath. Polen und Litthauen verheerten, und erlitt ein solches Marterthum, das nach dem Urtheil der heil. Kongregation der Riten ihrer Untersuchung noch kein grausameres vorgelegt wurde. — Am 28. Nov. 1853 fand in Rom die Feier der Seligsprechung des ehrwürdigen Johannes Grande, genannt Pecador, statt, aus dem Orden des heil. Johann von Gott, geboren den 6. März 1516 zu Carmona in Spanien. Dreißig Jahre hindurch leitete er die Spitäler von Xeres, und diente in denselben allen Kranken, die man ihm anvertraute, vorzüglich den Irrsinnigen, von denen er mehreren durch bloße Berührung den Gebrauch des Verstandes wunderbarer Weise wieder verschaffte.

Am ersten Sonntag im Mai 1854 wurde die ehrwür= dige Germana Cousin selig gesprochen. Sie war geboren zu Pibrac bei Toulouse 1489. Als armes Hirtenmädchen hei= ligte sie sich durch Gebet, Nächstenliebe und Geduld in den vie= len Leiden ihrer Krankheit und den Mißhandlungen, die sie von ihrer Stiefmutter zu erdulden hatte.

Am 11. Mai 1854 bestätigte Pius IX. die Wiederher= stellung des Kultus des ehrwürdigen Ignatius di Azevedo, eines Portugiesen, und seiner 30 Gefährten, die alle an einem Tage von den Protestanten getödtet wurden, indem diese das Schiff anhielten, das sie nach der Insel Palma bringen sollte, und alle, weil Katholiken und Glaubensprediger, zum Tode verurtheilten. — Im nämlichen Jahre wurde auch die Se= ligsprechung eines gewissen Hieronymus vorgenommen, der, von Geburt ein Araber, vom Muhamedanismus zum wahren Glauben bekehrt, aus Haß gegen diesen Glauben im Jahre 1569. in Algier lebendig begraben worden war (innerhalb der Festungsmauern). Sein Leichnam wurde aufgefunden am 27. Dezember 1853.

Im Jahre 1856 bestätigte Pius IX. die Verehrung von fünf Seligen aus Piemont, und unter diesen jenen des Martyrers Peter Cambiano di Ruffia, General=Inquisi= tors von Piemont, in welchem Amte er 1365 verrätherisch von einem Meuchelmörder getödtet wurde, als er die Ketzerei der Waldenser im Thale Pragoletto bekämpfte. Und in jenen Ta= gen verfuhren die Inquisitoren, wie selbst Leger, der Apologist der Waldenser versichert, mit Mässigung und Gerechtigkeit. Noch waren unter jenen fünf, zwei Glaubensprediger, welche

gegen die Waldenſer die katholiſche Wahrheit vertheidigten, und
von ihnen im Jahre 1374 barbariſch um's Leben gebracht wur=
den, nämlich der ſelige Pavonius und der ſelige Bartholo=
mäus von Cerveri. — Am 21. Febr. 1856 wurde ebenfalls die
Verehrung zweier Dominikaner beſtätigt, welche Profeſſoren an
der Univerſität von Turin geweſen waren, der ſelige Stephan
Bandello und der ſelige Haimon Taparelli. — Am Feſte des
h. Philippus Neri im Jahre 1858 erfolgte die Seligſprechung
des ehrwürdigen Diener-Gottes Ignaz Capizzi, der zu Bronte
in Sizilien geboren, auf jener Inſel durch 47 Jahre das apo=
ſtoliſche Amt eines Miſſionsprieſters ausübte, ſo daß kaum eine
Kirche oder Kloſter, Stadt oder Dorf dort angetroffen werden
kann, in welchem Capizzi nicht ſeinen heiligen Eifer bethätiget hätte.
— Am 13. Mai 1860 wurde Johannes Roſſi aus Voltag=
gio im Genueſiſchen ſelig geſprochen, der in ſeiner frühen Ju=
gend nach Rom kam, und dort durch 43 Jahre in den Werken
der Seelſorge unendlich viele Seelen Gott gewonnen hatte. —
Acht Tage nach dieſer Seligſprechung geſchah jene des demüthi=
gen und armen franzöſiſchen Pilgers Joſeph Labrè. — Am
7. März 1859 erklärte der heil. Vater, daß das Marterthum
und deſſen Urſachen des ehrwürdigen Johann Sarkander,
Weltprieſter und Pfarrer der Erzdiöceſe Olmütz, nachgewieſen
ſeien, und ſpäter wurde die Seligſprechung feierlich begangen.
— Am 6. Sept. 1859 wurde die Seligſprechung der ehrwür=
digen Schweſter Maria Alacoque verhandelt, bekannt wegen
ihres Eifers, mit dem ſie den Kultus des hh. Herzen Jeſu ver=
breitete. — Am 8. Dezemb. 1860 beſchloß Pius IX. die Se=
ligſprechung des ſpaniſchen Laien Antonius Alonſus Bermejo,
geb. 1678, geſt. 1758; er hatte ſein ganzes großes Vermögen
den Armen hingegeben, und ſich dem Krankendienſte gewidmet.
— Am 27. Mai 1861 beſchloß Pius IX. die Seligſprechung

des Joseph Leonardi, geboren zu Dacimo im Gebiete der da=
maligen Republik Lucca im Jahre 1543. Als Stifter der regu=
lären Kleriker der „Mutter Gottes" weihte er sein Leben und
seine Kräfte den frommen Werken der Wiederherstellung der
geistlichen Zucht, der Beförderung christlichen Wandels unter
dem Volke, der Beilegung von Streitigkeiten und Feindschaften,
und der Heranbildung seiner geistlichen Söhne zu einem rastlo=
sen und fruchtbringenden Apostolate.

Endlich hat erst kürzlich der heil. Vater einen solchen Aus=
spruch zu Gunsten zweier Glieder des Kapuzinerordens, Bene=
dikt von Urbino und Felix von Nikosia gethan. Benedikt
wurde am 13. Sept. 1560· in Urbino geboren und war der
Sohn einer der vornehmsten Familien Italiens. Unser Seliger
erhielt in der heil. Taufe den Namen Markus, und that sich
schon von Kindheit an durch Ernst und Sittenreinheit, Freude
am Gebet und Abtödtungen aller Art hervor. Die Bewohner
von Urbino gaben dem Kinde schon den Namen eines Heiligen,
und stellten es den eigenen Kindern zum Muster in allen Voll=
kommenheiten auf. — Felix von Nikosia wurde am 5. No=
vember 1715 von frommen, aber niedrigem Stande angehören=
den Eltern geboren. Seine gottesfürchtige Mutter bemühte sich
frühzeitig, ihm jene Liebe Gottes einzupflanzen, die später so
glänzende Früchte der Heiligkeit bringen sollte. Als er dazu alt
genug geworden, wurde er zu einem Schuhmacher in die Lehre
gegeben; er erbaute dessen ganzes Haus durch seine Frömmigkeit
und die Unschuld seiner Sitten. In seiner Gegenwart wagte es
keiner der Gesellen, ein Fluchwort oder sonst ein sündhaftes
Wort auszusprechen.

Schon von seiner Kindheit an besuchte er unter allen Kir=
chen am liebsten die der Kapuziner, deren strenges Leben auf
ihn einen tiefen Eindruck machte. Nach vielen Gebeten und reif=

licher Überlegung faßte er den Entschluß in ihren Orden einzu=
treten, und wurde im 29. Jahre seines Lebens aufgenommen.
Der Guardian des Klosters, der zugleich sein Beichtvater war,
prüfte seine Tugend bis an seinen Tod auf die verschiedenste
Weise, aber Felix bestand alle Proben, und wenn er eine De=
müthigung, Verspottung oder Schmähung zu erdulden hatte,
antwortete er nur mit den Worten: „Mag es so geschehen um
der Liebe Gottes Willen." Dieses Wort lernten seine Lands=
leute bald von ihm, und in Nikosia war es eine ganz gewöhnliche
Redensart geworden, die man aus Jedermanns Munde bei sich
darbietenden Anlässen hören konnte.

Wie sein Ordensbruder das Amt eines Almosensammlers
übte, so auch Felix, aber er übte es bis an sein Lebensende.
Noch im hohen Alter ging er auf die Sammlung aus, und
trug wie in seiner Jugend nicht selten große Lasten nur durch
die Kraft, die ihm der Gehorsam gab, wie wir auch sonst
im Leben der Heiligen lesen, daß der Gehorsam ihnen wunder=
bare Stärke verlieh. Erfüllt von vollkommener Nächstenliebe,
versäumte er keine Gelegenheit, dem Nächsten zu dienen und zu
helfen; insbesondere war er eifrig im Besuchen der Kranken,
die sich für glücklich hielten, so oft sie ihn an ihr Lager treten
sahen. Seine ungewöhnlichen Tugenden und die außergewöhn=
lichen Gnaden, die ihm Gott verlieh, bewirkten bei seinen Lands=
leuten eine hohe Meinung von seiner Heiligkeit; das Volk, aus
dessen Mitte er hervorgegangen, liebte ihn sehr, auch vornehme
und angesehene Personen wandten sich gern an den schlichten,
einfachen Ordensbruder, um seinen Rath und sein Gebet in
Anspruch zu nehmen; er umfaßte Alle mit gleicher Liebe. Als
er 72 Jahr alt geworden, befiel ihn eine Krankheit, welche ihm
Gelegenheit gab, durch geduldige Ertragung aller Schmerzen
sich die letzten Verdienste für das Himmelreich zu sammeln. Er

genas nicht mehr, sondern beschloß am 31. Mai 1787 sein gottgeweihtes Leben. An demselben Tage, an welchem der heil. Vater das Urtheil aussprach, daß Benedikt von Urbino die Tugend heroisch geübt, sprach er das gleiche Urtheil auch über Felix von Nikosia aus. So verschieden ihre Herkunft war, so war doch das Ziel, das sie erstrebten, dasselbe, und auch der Lohn, den sie erlangten, wird derselbe sein, denn Gott belohnt ja nur die Tugend des Menschen, nicht die irdischen Gaben, die er dem Menschen gegeben. Darum hält auch die Kirche den armen Bettler, der heilig gelebt, ebenso wie Könige und Kaiser werth, auf den Altar erhoben zu werden. —

Am 27. Mai 1861 beschloß Pius IX. die Seligsprechung des Luchesen Joseph Leonardi, und endlich am 17. Sept. 1861, ließ er die bevorstehende Seligsprechung von 23 Martyrern*) ankündigen, welche in Japan den Martertod

---

*) Wir können nicht umhin, unter diesen Martyrern die bewunderungswürdige Standhaftigkeit dreier Knaben: Thomas Cosaqui, Antonius und Ludwig, welche den Priestern als Ministranten dienten, anzuführen. Der Letztere war kaum 12 Jahre alt. Sie hätten vor den Heiden leicht fliehen können, allein sie wollten mit ihren Lehrern sterben. Als sie zum Martertod abgeführt wurden, liefen sie, obwohl ihnen die Hände auf den Rücken gebunden waren, Allen voraus und zeigten eine Freude und einen Eifer, daß alle Zuschauer staunten. Dieselbe Festigkeit bewahrten sie in allen langen Leiden bis zum Tode. Namentlich wird von Antonius erzählt, daß er auf alle Zureden seiner Eltern und des Scharfrichters, die ihn zum Abfall zu bewegen suchten, mit staunenswerther Weisheit antwortete. So sagte er zum Richter: „Bald wirst Du sehen, wie wenig ich Deine Versprechungen und selbst das Leben achte. Mich schreckt nicht das Kreuz noch der Martertod! Vielmehr verlange ich darnach aus Liebe zu dem, der für mich am Kreuze gestorben ist." Dann wendete er sich zu seiner Mutter, gab ihr sein Oberkleid und sagte: „Das diene zu Dei-

litten, und deren Heiligsprechung am 8. Juni 1861 im Beisein von nahezu 400 Bischöfen und 4000 Priestern, die aus allen

---

nem Troste. Im Himmel werde ich Gott für Dich bitten. Weine nicht um mich, sondern vielmehr um diese elenden Heiden; sie aber bleiben in ihrer Blindheit. Laßt sie doch nicht merken, daß es Euch mißfällt, daß ich für Gott sterbe. Es ist doch nicht recht, daß ihr damit nicht zufrieden seid, da er selbst für uns gestorben ist." Als die Marter begann, kannte ihr Jubel „keine Grenzen. Zuerst wurde jedem das linke Ohr abgeschnitten, dann wurden sie das Gesicht mit Blut bedeckt, zu drei auf Karren gesetzt und durch die Straßen der Stadt geführt; voran wurde eine Inschrift getragen, daß der Kaiser sie darum, weil sie dem christlichen Glauben verkündet hätten, zum Kreuzestode verurtheilt hätte. Alle Zuschauer waren auf das Tiefste ergriffen von dem Anblick der drei Knaben, die mit fröhlichem Angesicht und heller Stimme das Vater unser, den englischen Gruß und andere Gebete sangen, während der Zug sich langsam durch die unabsehbare Menge des Volkes bewegte. Die Priester predigten auf den Karren und umarmten sich. Auf einem Hügel waren 26 Kreuze aufgerichtet worauf sie gekreuziget wurden. Besonders rührend war es, als der 12jährige kleine Ludwig mit Lebhaftigkeit ausrief: „Wo ist denn mein Kreuz," und sofort voll Freude auf dasselbe zulief und es umarmte. Nun wurden Allen eiserne Klammern eingeschlagen, sie so ans Kreuz befestiget und einer nach dem andern mit Lanzen ganz durchbohrt. Wunderbar war die Standhaftigkeit der ganzen heiligen Schaar, die auf den Kreuzen in den Lüften schwebte. Die 6 Missionäre des Franziskanerordens waren in der Mitte; zu ihrer Rechten waren 10 Japanesen; zur Linken die 3 Marthyrer aus der Gesellschaft Jesu und 7 andere aus Japan. Einer sprach dem andern Muth zu. Als ein anderer Christ dem kleinen Ludwig zurief, daß er bald im Himmel sein würde, gab er seine große Freude, so viel er konnte, durch Bewegung der Finger und des Körpers zu erkennen. Einige aus ihnen ermahnten vom Kreuze wie von einer Kanzel die zuschauenden Christen zu

Theilen der Welt zusammen kamen, unter den größten Feierlich=
keiten, die Rom je gesehen, stattgefunden hat.

Wie groß steht demnach das Pontifikat Pius IX. auch in
dieser Beziehung da! Mitten in den Bedrängnissen und Ver=
folgungen, welche ihm die Hölle bereitet, gedenkt er der Ver=
herrlichung Gottes in seinen Heiligen, stellt der verderbten, in
den irdischen Interessen ganz versunkenen Welt so viele Beispiele
der Selbstverleugnung, der Demuth, der Opferfreudigkeit vor.
Dem heil. Vater aber, der für die Kirche und die menschliche
Gesellschaft so Großes gethan, danken wir dadurch, daß wir
die Martyrer, die Bekenner, die Jungfrauen, die
er selig gesprochen, um ihre Fürbitte anflehen, auf daß er von
den Nachstellungen der Hölle befreit und seine heißeste Sehn=
sucht erfüllt werde, daß nur Ein Schafstaal und Eine Heerde sei.

----

einem heiligen Leben, andere wiederholten die heiligen Namen
Jesu und Maria! Viele und große Wunder geschahen. Ihre
Leiber blieben unverwesen — am Himmel erschien ein großes
Zeichen — nach 62 Tagen war der Leib des Martyrers
Petrus so weiß und schön wie lebend und floß noch immer das
frischeste und reinste Blut heraus. — In dem Augenblicke, wo
die Martyrer verhaftet wurden, trat ein Erdbeben ein, das
drei Stunden anhielt und besonders die Gözenbilder umwarf.
In der Freitag=Nacht nach ihrer Hinrichtung erschienen drei
Feuersäulen auf den Kreuzen der Martyrer und schwebten
dann von da auf die St. Lazaruskirche der Missionäre; u. s. w.
— das sind die Streiter für Pius IX. und diese Streiter,
als Heilige Gottes, sind mächtiger als alle Kaiser und Könige
der Erde!

68.

Papst Pius IX. ein Fels mitten im Wogendrange der Zeit.

Die Ruhe, welche der heil. Vater unter all den Wirren der Zeit und dem Toben und Drängen seiner Feinde bewährt, wäre wunderbar zu nennen, wenn man nicht wüßte, aus welcher Quelle er sie schöpft. Sie ermuthigt nicht blos die Katholiken, sondern zieht auch die Bewunderung denkender Protestanten auf sich. Man muß in Wahrheit bekennen, Papst Pius IX. zeigt sich als Fels im tobenden Meere, mitten im Wogendrange der Zeit. So schreibt eine protestantische Zeitung („Berliner Revue") am Schluße einer Rundschau über die so vielfach trübe Weltlage also: „Einen erquickenden Eindruck macht dagegen die Ruhe, mit welcher der päpstliche Stuhl auf das verworrene Treiben herabblickt, welches seinen Felsen umtobt. Wir als evangelische Christen blicken mit aufrichtiger Theilnahme auf die augenblicklichen Trübsale unserer katholischen Schwester. Es zeigt die jetzige Situation und namentlich der boshafte Jubel über die bedrängte Lage des Papstes auf das Klarste, daß die unsere Zeit beherrschenden Ideen in ihrem innersten Wesen nicht formell politische, sondern wesentlich kirchliche sind."

Ja wohl sind die Zeitideen nicht blos politische, sondern wesentlich kirchliche, dies ist ja schon daraus zu erkennen, daß alle Welt die Augen nach Rom, den päpstlichen Stuhl richtet, der den Heiden eine Thorheit, den Juden ein Ärgerniß, und den abtrünnigen Christen eine verrätherische Sache — nur den Gläubigen allein aber ein Fels ist, auf dem Christus seine Kirche erbaut hat. Und eben weil die Weltfrage jetzt wesentlich eine kirchliche ist, daher auch die große Ruhe, die das Oberhaupt der Kirche, der sichtbare Stellvertreter Christi auf Erden zur Schau trägt, da er weiß, daß zuletzt nur Einer siegt, und der ist Christus Jesus gemäß dem Worte der ewigen Wahrheit: „Christus vincit, Christus regnat — Christus siegt, Christus herrscht!"

So lautete denn ein Schreiben aus Porto d'Anzio, wo der heil. Vater im heurigen Frühjahre eine Zeit sich aufhielt, unterm 30. April also: „Pius IX. verjüngt sich jeden Tag um ein Jahr. Die Innigkeit seiner Seele, die Heiterkeit seiner Gedanken malen sich auf seinen belebten Zügen. Er bewegt sich frisch und sein Blick ist voll Feuer. Ja, es gibt Augenblicke, in denen Sie ihn wie einen durch die vorempfundene Freude über den Triumph der Kirche Verklärten betrachten würden. Wenn ein Mensch durch eine Einsicht und Heiligkeit so hochgestellt ist, sieht er da nicht über unsere Gesichtskreise hinaus? O, dieser Seelenfriede, diese Ruhe kann nur aus einem felsenfesten, lebendigen Glauben kommen, den zu besitzen der heil. Vater in hohem Grade das Glück hat." —

69.
Pius VI. und Pius IX.

Wie wir schon im ersten (allgemeinen) Theil dieses Werkes (Pius IX. Leben und Wirken . . . Seite 4) erwähnten, suchte die erlauchte Mutter Pius IX., die Gräfin Mastai-Feretti, als eine christliche Mutter ihren Kindern vor Allem eine wahre und innige Frömmigkeit einzuflößen. So hatte sie denn auch den jungen Johannes Mastai schon in seiner frühesten Jugend daran gewöhnt, jeden Morgen und je-

den Abend mit ihr zu beten, und als treue Katholikin und ih=
rer Kirche ergebene Tochter, in seinem Gebet auch des heil. Va=
ters Pius VI. zu gedenken, welcher damals als das Ober=
haupt der Kirche das glorreiche Erbtheil des heil. Apostels Pe=
trus inne hatte.

Im Jahre 1800 — der junge Mastai war damals im
achten Jahre — saß Papst Pius VI. gesegneten Andenkens
auf dem heil. Stuhle; der Papst ward gerade damals in Folge
der edlen Festigkeit, womit er die Rechte seines Thrones und
die Freiheit der Kirche vertheidigte, den bittersten Quälereien
jener Handvoll gottloser Menschen ausgesetzt, welche in Frank=
reich die höchste Gewalt an sich gerissen hatten.

Tief betrübt über die Schmerzen, welche die Seele des
gemeinsamen Vaters aller Gläubigen erfüllten, und die Gefah=
ren, welche ihm drohten, sowie von der Überzeugung durchdrun=
gen, daß alle christlichen Herzen ihr heißes Flehen zum Himmel
emporschicken sollten, hielt es die Gräfin für ihre Pflicht, auch
dem Morgen= und Abendgebete ihres jungen Sohnes ein Vater
unser und ein Ave hinzuzufügen.

„Liebes Kind," sagte sie zum kleinen Johannes, als
sie ihn zum ersten Male zu diesem guten Werke aufforderte,
großes Unglück droht dem erhabenen Oberhaupte der Kirche,
der heilige Vater ist sehr betrübt: bitte Gott mit mir, daß es
ihm gefalle, die Leiden des heil. Vaters zu mildern und jede
Gefahr von seinem Haupte abzuwenden."

„O ja," hatte das Kind geantwortet, „ich will beten
mit Dir für den heil. Vater, und ich verspreche
Dir, daß mein Gebet recht innig sein soll." —
Und jeden Morgen und jeden Abend erinnerte der junge Ma=
stai selbst seine Mutter an das Vater unser, welches sie zu=
sammen beten sollten.

Eines Abends, als sie ihr gewöhnliches Gebet verrichteten, umarmte die Gräfin unter Thränen ihr Kind und sagte:

„Lieber Kleiner, wir müssen heute Abend mit besonderer Andacht für den heiligen Vater beten; das Unheil, welches man befürchtete, beginnt hereinzubrechen; Bewaffnete haben sich seiner bemächtigt, er ist gefangen und man führt ihn weit weg von Rom!"

Bei diesen Worten begann das Kind, welches bis dahin seiner Mutter aufmerksam zugehört hatte, mit ihr zu weinen, und die kleinen Hände faltend, betete es mit der Andacht eines Engels.

Als er mit seinem Gebete zu Ende war, erhob er sich, und während ihm noch die Thränen in den Augen standen, sagte der Knabe halb im Zweifel zu seiner Mutter:

„Aber wie kann Gott zugeben, daß der Papst, der Stellvertreter seines Sohnes Jesu Christi, gar so sehr vom Unglücke heimgesucht werde? Wie kann er gestatten, daß man ihn, welcher so gut ist, in die Gefangenschaft schleppe?"

„Mein Kind," erwiederte die Gräfin, „gerade deßhalb weil der Papst der Stellvertreter Christi ist, läßt es Gott zu, daß an ihm also gehandelt werde. Erinnerst Du Dich nicht, was ich Dir von der Geschichte des Erlösers erzählt habe: wie der göttliche Heiland, welcher die Liebe selbst war, dennoch Feinde hatte, wie diese Feinde sich seiner bemächtigten, wie sie die schrecklichsten Martern ihn dulden ließen und zuletzt ihn an's Kreuz schlugen? Und siehst Du, liebes Kind, Gott hat oft gewollt, daß die Päpste die Nachbilder des leidenden Christus waren, er gibt es auch zu in Bezug auf den heiligen Vater Pius VI."

„Aber dann, Mama," entgegnete das Kind, „sind
jene Menschen, welche so grausam den heiligen
Vater behandeln, Bösewichter, nicht wahr? ....
und man muß Gott bitten, sie zu strafen?"

„Liebes Kind," erwiederte die Gräfin, „man muß Gott
nie bitten, irgend wen zu strafen! Erinnere Dich, was Jesus
Christus selbst noch am Kreuze that! Er betete für seine Feinde,
er bat Gott, Erbarmen mit ihnen zu haben und ihr böses Herz
zum Guten zu lenken. Dies thut, ich bin dessen gewiß, in diesem Augenblicke auch Pius VI., wir müssen unser Gebet mit
dem seinen vereinen und Gott bitten, alle jene Gottlosen zu er-
leuchten, welche Hand an den heiligen Vater legten."

Und der junge Mastai warf sich auf die
Kniee und wiederholte das Vater unser auch
für die Feinde Pius VI.

O, wenn dazumal der erhabenen Mutter des jungen Mastai ein Engel Gottes verkündet hätte: „Siehe, Dein Sohn
Johannes, der jetzt für Papst Pius VI. betet wird einstens
(nach 50 Jahren ungefähr) unter dem Namen Pius IX. den
Thron Petri besteigen; er wird aber ebenso wie jetzt Pius VI.
rings von Feinden umgeben und von schweren Trübsalen bela-
stet sein; — siehe auch Deinem Sohne, dem künftigen Oberhaupte der Kirche, wird mit Christo ein bitterer Kelch von
Leiden gereicht werden, auch er wird als unschuldiges Opfer
dulden und leiden und das schwere Kreuz tragen müssen, so daß
von ihm mit Recht gesagt werden könne: „Er sei ein Kreuz vom
Kreuze!" — ach, sie würde vor Schmerz in Ohnmacht gesun-
ken sein, wenn all diese Leiden ihrem Auge gezeigt worden wären! Und nun aber geschah es durch den unerforschlichen Rath-
schluß Gottes wirklich so. Johannes Mastai ist gegenwär-

tig unter dem Namen Pius IX. das Oberhaupt der Kirche —
und ist im Leiden Pius VI. ähnlich geworden.

O Du heiliger Vater Pius IX.! Wahrlich, durch die
so glühenden Gebete, welche Du in Deinen kindlichen Tagen
für den verehrten Pius VI. zum Himmel gesendet, hast Du
es wohl verdient, daß jetzt in den Tagen Deines Unglückes
die ganze Kirche im Gebete für Dich sich vereine und daß auch
die Kinder mit ihren Müttern für Dich ihre Hände zu Gott erheben, wie Du es gethan!

70.
Papst Pius IX. und seine Bitte an die gesammte Christenheit.

Es war im Monate Junius 1859, als der Papst in einer
Audienz, wo er über 150 Personen aus verschiedenen Ländern
empfangen hatte, eine sehr bewegte Anrede hielt. Nachdem er
jedem der Empfangenen seinen Segen gegeben, wandte er sich
mit folgenden Worten an Alle zugleich: „Meine lieben Kinder
in Christo! Eben habe ich Euch im Besondern gesegnet mit der
vollen Hingabe meiner Seele, und doch empfindet mein Herz
das Bedürfniß, ehe ich Euch verlasse, Euch noch einmal
meinen Segen zu geben. Wir stehen am Vorabend sehr
großer Ereignisse; Gott allein weiß, was er uns
Allen vorbehält. Ihr wißt, daß ich das sichtbare Oberhaupt der katholischen Kirche bin; ihr seid deren Glieder; wir
bilden die streitende Kirche, und wenn man den Papst
angriffe, so ist es nicht, wie ihr wißt, ein Mann blos, an dem
man heranwill, sondern die ganze katholische Christenheit,
deren Haupt und Führer er ist. Schaart Euch um mich, ver-

einigt täglich Euer Gebet mit dem meinigen, auf daß wir dem Himmel Gewalt anthun können. Ach, wenn Ihr wüßtet, welche Kraft das Gebet hat, wie mächtig es bei Gott ist! Beten wir ohne Unterlaß für seine Kirche, seine vielgeliebte Braut!"

Mit so rührenden Worten sprach der heilige Vater zu diesen aus den verschiedensten Ländern versammelten Katholiken.

Ströme von Thränen, die aus den Augen dieser Christen flossen, waren Zeugen, wie innig das Wort des Nachfolgers des heil. Petrus ihre Herzen ergriffen. Wahrlich, wer könnte da sich noch der Thränen enthalten, wenn das Oberhaupt der Christenheit, der Stellvertreter Jesu Christi auf Erden eine so traurige Zukunft prophezeiet — eine so wehmüthige Sprache führet!

Ich kann nicht umhin hier zugleich auch anzufügen die eben so rührenden Worte, die der heil. Vater zu einem deutschen Kirchenfürsten, als er (1859) in Rom war, gesprochen, so wie das was dieser Kirchenfürst in seinem Hirtenschreiben über Rom und den Papst Pius IX. schreibt:

„Wie danke ich nun meinem Gott," spricht dieser Kirchenfürst, „und wie werde ich ihm ewig dafür dankbar sein, daß ich mit meinen Augen Petrus gesehen, daß ich mit Petrus von Mund zu Mund geredet und zwar in so offener und herzlicher Sprache. Ja, theuerste Diöcesanen, hätte ich von meiner ganzen Reise keinen andern Gewinn mitgebracht, so würden dennoch hierdurch allein schon die Mühen und Beschwerden derselben reichlich aufgewogen sein.

Euch von der Person des gegenwärtigen Nachfolgers des heil. Petrus ein Bild zu entwerfen, ist mir durchaus unmöglich. Ich habe noch nie in meinem Leben bei irgend Einem eine solche wunderbare Mischung gesehen von Milde und Ernst, von Würde und hingebender Güte; aus seinem Auge und Antlitze, aus seiner Stimme und Sprache, aus seinem ganzen Wesen strahlt eine solche Liebenswürdigkeit hervor, daß so wenig der Pinsel des Malers, als menschliche Worte sie wiedergeben können.

Mich aber hat dieselbe so tief bewegt und gerührt, daß ich jedesmal, wenn ich mit ihm redete, die reichlich hervordringenden Thränen nicht zurück zu halten vermochte; zumal sich in den Anblick dieser unbeschreiblichen Liebenswürdigkeit zugleich das wehmüthige Gefühl mischte, daß dieser edelste und liebenswürdigste Papst zugleich der viel= und schwergeprüfte sei, und daß sein Sinnbild sei: crux de cruce, Kreuz vom Kreuze.

Als ich nun diese seine unaussprechlich liebenswürdige Art auch mir gegenüber sich so rein offenbaren sah, als ich sah, mit welcher Güte und Herablassung, mit welcher Freundlichkeit und Herzlichkeit er, der höchste Würdenträger auf Erden, mich, den Geringsten, aufnahm, wie eingehend und wie weise er auf alle meine Anliegen erwiederte, wie väterlich milde und liebevoll er mich belehrte, ermunterte, stärkte und anfeuerte; als ich ihn die heiligen Functionen seines erhabenen Amtes verrichten sah, als ich sah, mit welcher Würde zugleich und mit welcher Demuth, mit welcher Andacht und welchem Feuer heiliger Liebe er sie verrichtete, als ich am heil. Palmsonntage aus seinen geweihten Händen das Zeichen des Sieges, die Palme empfing, und in seiner nahen Umgebung mit abhielt den feierlichen Umzug durch den wunderbaren Dom von St. Peter; als ich am Gründonnerstage in seiner abgesonderten Hauskapelle aus seinen geweihten Händen den Leib des Herrn empfing, nachdem ich zuvor den Ring (Fischerring) seiner Hand geküßt, zum Zeichen, daß der Leib des Herrn nicht anders, als in Vereinigung und Gemeinschaft mit ihm genossen werden darf, als ich ihn sah, wie er am heil. Charfreitage, die Schuhe losgelöst von seinen geheiligten

Füßen, zuerst, allen übrigen Bischöfen voran, hinging, das
Kreuz anzubeten, woran Christus uns erlöst, als ich sah, mit
welcher Demuth und welcher Inbrunst er dieses that, und wie
er alle die übrigen heiligen Ceremonien verrichtete, die kein füh=
lender Zuschauer ohne Thränen verrichten sehen kann, und wie
er endlich am schönen Oster=Sonntag=Morgen nach abgehaltenem
feierlichen Amte, emporgetragen auf einem erhabenen Sessel,
wie eine schwebende hehre Lichtgestalt, das Auge zum Himmel
erhoben, und gleichsam den ganzen Himmel auf die Erde nie=
derziehen wollend, einer unabsehbaren Menge, urbi et orbi,
der Stadt und dem Erdkreise, den Apostolischen Segen ertheilte:
als ich alles dieses aus der nächsten Nähe mit ansah, mit erfuhr
und erlebte; was ich da empfunden und gefühlt habe, dies aus=
zusprechen bin ich nicht im Stande." ....

Und nachdem dieser Kirchenfürst in seinem Hirtenschreiben
so weiter fortfährt, erzählt er auch, was er in den Audienzen
dem heil. Vater berichtet und welche Aufträge der Papst ihm
gegeben, mit folgenden Worten:

„Ich konnte ihm sagen von den äußern Verhältnissen der
Diöcese, wie von ihren inneren Zuständen, ich konnte ihm be=
richten von den Anstalten, in denen die künftigen Diener der
Kirche gebildet werden, von meinem hiesigen Priester=Seminär
und der höheren theologischen Lehranstalt, von den beiden Diö=
cesan=Knaben=Seminarien, von den höheren, wie von den nie=
deren Schulen, von den Missionen und ihrer Thätigkeit, von
den verschiedenen in der Diöcese bestehenden und aufblühenden
Vereinen: dem Xaverius=Vereine und dem Bonifacius=Vereine,
dem Vinzenz=, dem Elisabethen=Vereine und dem Vereine der
heil. Kindheit Jesu, von dem löblichen Gesellen= und dem Jüng=
lings=Vereine, von dem Jungfrauen=Verein, von dem Borro=
mäus, wie von dem Diöcesan=Kunstvereine; desgleichen konnte

ich berichten von den verschiedenen in der Diöcese errichteten
Sodalitäten (Bruderschaften), von dem Wirken der verschiede=
nen religiösen Orden und klösterlichen Genossenschaften, von den
hier üblichen religiösen Andachten und gottesdienstlichen Einrich=
tungen, vom Kirchenbesuche meiner Diöcesanen und ihrer zahl=
reichen Betheiligung an den heil. Sakramenten, von ihrer katho=
lischen Liebe und katholischen Opferwilligkeit, von allen diesen
katholischen Instituten, Lebens=Aeußerungen und Werkthätigkei=
ten habe ich dem heil. Vater Bericht erstatten können . . . und
zum Schluße konnte ich Alles in drei Worten zusammenfassen
und zum heil. Vater sagen:

„Heiligster Vater, die ehrwürdige Diöcese * * * eine der
ältesten und größten Diöcesen Deutschlands, zeichnet sich durch
drei große Güter und Vorzüge aus: durch eine große Vereh=
rung des heiligsten Sakramentes, durch eine innige Liebe zur
unbefleckten Gottesmutter Maria, und durch eine angestammte
unerschütterliche Treue gegen den erhabenen Stuhl Petri, —
und so darf ich denn auch, o heiliger Vater, im Namen dersel=
ben Diöcese vor Deinen geheiligten Füßen das feierliche Ver=
sprechen niederlegen, daß diese theuersten Güter und Vorzüge
stets unter uns erhalten werden sollen, daß wir darin uns im=
mer mehr vervollkommnen, daß wir katholisch leben und katho=
lisch sterben wollen.“

„Mit welchem Troste das bekümmerte Herz unsers schwer=
geprüften geistlichen Vaters diese Berichte von mir entgegen ge=
nommen hat, das läßt sich wohl denken.

„Unter den vielen Gnaden, womit der heil. Vater mich
so reich beschenkt und wofür ich ihm nie genug werde danken
können, nenne ich hier vorzugsweise die Verleihung eines voll=
kommenen Ablasses für das ewige Gebet in allen
Kirchen, wo und so oft es künftig gefeiert werden wird. Ich

hoffe zu Gott, daß diese Andacht, die von Euch gleich von vorne=
herein so freudig begrüßt worden ist, durch den Segen und die
Gnade, die der Statthalter Christi daran geknüpft hat, künftig
um so reichlicher Früchte tragen werde."

Über die Abschieds=Audienz schreibt er Folgendes: „Als
ich an dem mir unvergeßlichen Abend des zweiten Ostertages un=
ter Thränen vom heil. Vater Abschied nahm, sagte er mir schließ=
lich die beiden Worte: „Der Engel Raphael geleite
Dich glücklich zu Deiner treuen Heerde zurück,
und wenn Du dort wirst angelangt sein, so
segne sie in meinem Namen und laſſe ſie für mich
beten. Segne sie, segne Alle, die Dir theuer
sind, segne Priester und Volk, segne die Stadt
und Deine Diöcese, segne sie mit himmlischem
Segen, daß der Geist Gottes sie Alle erfüllen
und immerdar bei ihnen bleiben möge. Und
wenn Du sie gesegnet hast, so muntere ſie auf zum
Gebete für mich; denn Du kennst selbst," fügte er
hinzu, „Du kennst die Gefahren, von denen ge=
genwärtig der Stuhl Petri wieder bedroht wird
durch die verruchten Anschläge argliſtiger Men=
schen. Zwar vertraue ich feſt auf denjenigen, der gesagt
hat: „Du biſt Petrus und auf dieſen Fels will ich meine
Kirche bauen," und was man auch immer mir zu
rauben sich anschicken mag, so wird doch die Würde
eines Statthalters Christi keine Macht der Welt mir rau=
ben können; aber Gott, auf deſſen Hilfe ich ver=
traue, hat seine Hilfe an die Bedingung unse=
res Gebetes geknüpft: und deshalb bete Du
und laſſe Deine ganze Heerde beten, damit der
Herr der Heerschaaren mit seinem mächtigen

Arme die Kirche und diesen erhabenen Stuhl
beschütze, und die verbrecherischen Anschläge der
Feinde zu Schanden mache." Dies waren die letzten
Worte, die der heil. Vater zu mir sprach, mit bewegter Seele
zwar, doch zugleich mit einer Ruhe, Gefaßtheit und einer Zu=
versicht, die unter solchen Umständen eines Heiligen wür=
dig sind.

„Daher fordere ich Euch Alle hiermit auf, für den schwer=
geprüften heil. Vater zu bitten und zu beten. Be=
tet Alle, betet ihr Jünglinge und ihr Jungfrauen, be=
tet ihr Gatten und Gattinen, betet ihr Kinder und ihr
Greise, betet alle standhaft, einmüthig und mit katholischer
Liebe, daß Gott, der Allmächtige, der Vater der Christenheit,
unsern überaus edeln, liebenswürdigen Papst Pius IX. und
seinen erhabenen Stuhl unter seine schützende Obhut nehme,
daß er Kummer und Mißgeschick fern von ihm halte, und
die boshaften Anschläge der Feinde zu Schanden mache, da=
mit er uns noch lange und im Frieden regiere."

Also die Bitte des heil. Vaters an die Christenheit ist,
um das Gebet und abermals um das Gebet.

Ja, mehr als je, wollen wir in unseren Tagen so recht
inbrünstig beten: daß Gott seine heil. katholische
Kirche regieren und erhalten wolle!

71.

Wie wird es dem Papste jetzt ergehen?

Das ist die große Frage, die jetzt in Aller Mund ist. Wird die Revolution nicht nur in Rom die Verschwörung und Gewaltthätigkeiten versuchen, die jetzt in den Herzogthümern und in Mittel-Italien herrschen und wüthen, sondern auch hier wie dort siegen? —

Nur Gott vermag auf diese Fragen Antwort zu ertheilen. Mit tiefer Trauer blicken die Millionen katholischer Herzen nach der ewigen Stadt und horchen besorgt, was ihnen von dem Geschicke ihres Vaters gemeldet wird; heiße Gebete steigen jetzt von allen Punkten der Erde zum Himmel auf, damit Christus seinen Stellvertreter gegen seine Feinde schirme; mit Entrüstung sehen wir, wie ein schwacher Greis, dessen Hand die ganze Erde segnet, der keinen Menschen etwas zu Leide thut, der nur Jedermann Wohlthaten erweist, dessen Liebe die ganze Erde umfaßt, keinen Augenblick vor den schlimmsten Frevelthaten sicher ist.

Aber alles dieses darf uns Katholiken nicht Wunder nehmen oder irre machen (wie recht schön ein Correspondent des „Kathol. Volksb." schreibt), denn Pius ist Papst, und die ganze Geschichte des Papstthums ist nur eine lange Kette von Verfolgungen. Seit der erste Papst von Jesus Christus die Schlüssel des Himmelreiches und den Hirtenstab zur Regierung der ganzen Christenheit erhielt, hatte er und seine Nachfolger stets die Ehre, an den Verfolgungen und der Schmach Jesu Christi Theil zu nehmen, und leicht zu zählen sind die Tage, welche während der achtzehn Jahrhunderte seines Bestandes, wenn auch nicht glücklich, doch friedlich für das Papstthum dahinflossen. Petrus wurde von den Juden mit Ruthen geschlagen und von den Heiden mit dem Haupte nach unten gekreuziget; bis zu den Zeiten Konstantins lebten die Päpste in den Tiefen der Katakomben, und folgten dem ersten Stellvertreter Christi nicht nur auf dem päpstlichen Stuhle, sondern, auch in den Martertod; während dreier Jahrhunderte werden sie zur Zwangsarbeit in die Bergwerke geschickt, zur Hut der wilden Thiere verwendet, verstümmelt, alle zuletzt gemordet. In den folgenden Jahrhunderten sehen wir die byzantinischen Kaiser, Vorläufer so mancher Staatsmänner der letzten Jahrhunderte, die Päpste einkerkern und sie in jeder Weise verfolgen, weil dieselben auf die Anforderungen kaiserlicher Despotie, welche auch über das Gewissen und den Glauben schalten wollten, antworteten, was einst der erste Papst dem hohen Rathe der Juden erwiederte: Wir können nicht! (Non possumus!) Als die Morgenländischen Kaiser zu ohnmächtig zur Verfolgung geworden, traten abendländische Kaiser an die Stelle und ließen die ewige Stadt und das Erbtheil des heil. Petrus mehr als einmal von ihren Söldnerschaaren verwüsten; ein französischer König, Philipp der Schöne, ging so weit, daß er den gefangenen Papst Bonifacius VIII. in's Angesicht schlagen ließ. Wie die Fürsten, so hat es auch die Revolution mit den Päpsten gehalten: mehr als einmal mußten sie gleich Pius IX. vor den bethörten Römern und dem in Rom zusammengeströmten fremden Gesindel fliehen, zu andern Malen wurden sie auch thätlich mißhandelt, geblendet, mit den Haaren durch die Kirche geschleift, mit Todesdrohungen und Mordversuchen verfolgt.

Und erst der gebildete Pöbel! Wer zählt die

Schriftsteller, Dichter u. s. w., die in ihren Schriften die Päpste mit Koth bewerfen, wer die Schwätzer und Zeitungs= korrespondenten, die ihren ebenso sinnlosen als boshaften Gei= fer gegen den Stellvertreter Jesu Christi tagtäglich ausspeien? Pius VI. starb als Gefangener zu Valence, während er un= ter lautem Beifall der Pariser auf den Theatern verspottet wurde; Pius VII. war zu Fontaineblean gefangen, während wenige Stunden von da einem Könige von Rom in der Wiege gehuldiget wurde; Pius IX. mußte vor den Mördern und Rebellen, denen er verziehen und die ihm Treue bis zum Tode geschworen, eine Zuflucht in der Verbannung suchen: was mit diesen drei Päpsten sich begeben, ist ein kurzer Abriß der ganzen Geschichte des Papstthums.

Wie einst unser ewiger König Jesus Chri= stus in den Wachstuben, in den Versammlungen der Schriftgelehrten, auf dem Kalvarienberge vor der Volksmenge, vor Pilatus und vor He= rodes Spott und Schmach, Mißhandlung und selbst den Tod erlitt, so sind auch seine Stellvertreter achtzehn Jahrhunderte hindurch Gegenstand der Verfolgung und Zielscheibe höhnischen Spottes für Poeten und „Philosophen," für meineidige Soldaten und treulose Anführer, ungläubige Diplomaten und gottlose Tyrannen gewesen. Wie sollten wir Katholiken uns also wundern, wenn unserem jetzt glorreich regierenden Vater geschieht, was sich auch bei der langen Reihe seiner Vorgänger begeben?

Der Schmerz über die Gefahren, welche unserem allge= meinen Vater drohen, ist aber darum nicht geringer, und un= ser Gebet darum nicht weniger innig: denn der Schmerz und die Innigkeit des Gebetes richtet sich nach der Größe der Liebe, mit dem die Herzen so vieler Millionen für denjenigen schlagen,

welcher nur darum über allen Andern steht, um der Knecht
Aller zu werden. Aber dieser Schmerz ist kein hoffnungsloser
und das Gebet voll zuversichtlichen Vertrauens, denn jede
Verfolgung des Papstes ist nur das Vorspiel eines neuen
Triumphes*). Pius IX. ist von Gaeta zurückgekehrt, wie
Pius VII. von Fontainebleau; so giengen die Päpste aus
jeder Gefangenschaft freier hervor, so traten als Sieger aus
den Katakomben, nachdem die ganze Wuth des Heidenthums
sich an ihnen erschöpft hatte, ohne ihnen den Untergang bringen zu können. Keine sichtbare Schutzwehr umgibt den Thron
des galiläischen Fischers; und doch vermochte keine Gewalt und

---

*) „Vergreifet Euch nicht an meinem Gesalbten!" hatte der Herr
gesagt. Aber Bonaparte erkühnte sich den heil. Vater
Pius VII. im Schlosse Fontainebleau mit Gewalt zur Abtre-
tung des Kirchenstaates bringen zu wollen. Wie zeigte sich da die
Hand des Herrn! In demselben Schlosse wurde nachher Napoleon gezwungen, Alles, was er sich angemaßt hatte, abzuge-
ben. Bonaparte hielt das Oberhaupt der Kirche an zwei Orten gefangen, zuerst in Savona, dann zu Fontainebleau. Der
Herr ist gerecht: an zwei Orten, auf den Inseln Elba und He-
lena saß auch Napoleon noch viel gedemüthigter und verachteter
gefangen. Bonaparte hielt den Papst zu Savona kürzere, zu
Fontainebleau längere Zeit, dort milder, hier strenger in Ge-
wahrsam; — mit demselben Maße, da er gemessen, wurde auch
ihm wieder gemessen. Sieben lange Jahre hatte Bonaparte die
Säule und Stütze der Kirche aller Freiheit beraubt und für immer zu stürzen gesucht, sieben Jahre lang mußte auch er gefangen sitzen — und schmerzlich zu Grabe gehen. Endlich, damit
die Kirche Christi recht vor aller Welt verherrlicht würde, wurde
er, der sich erkühnt hatte, den Felsen Petri überwältigen zu wollen, auf einen Felsen angeschmiedet und am Namenstage des
Nachfolgers des h. Petrus (5. Mai) vor das Gericht Gottes
gerufen. Wahrlich, da ist der Finger Gottes zu erkennen. Möge
er einen gnädigen Richter gefunden haben!

keine Schlauheit derer, welche die Päpste vertrieben, ihn zu behaupten; kein Eroberer nahm ihn lange ein; mächtiger als die Alles zerstörende Zeit, stärker als alle Versuche der Welt, widerstand der Thron den Fluthen der Jahrhunderte, welche mit ihren zerstörenden Wogen die Völker und die Reiche, und was dieselben gegründet, zerstörten und fortschwemmten.

Während die ganze politische Gestalt der Erde sich oftmals erneuert hat, herrscht der Hirte der Nationen auf dem Stuhle des heil. Petrus seit 18 Jahrhunderten in stets verjüngter Kraft und sieht die Gränzen seines Reiches und die Liebe seiner Kinder sich immer erweitern. Mit einer solchen Dynastie wird auch die jetzige Revolution nicht fertig; die päpstliche Regierung ist nur in äußerlichen, weltlichen Dinge schwach, da ihr nicht Heere, Streitrosse und Pfeile zu Gebote stehen: aber jedes Scepter und jedes Schwert, welches während zwei Jahrtausenden auf diese Schwäche schlug, ist zersplittert. Um den greisen Priesterfürsten von Rom gefangen zu nehmen oder zu tödten, dazu bedarf es keiner großen Macht: aber nur blinder Fanatismus oder baarer Unverstand kann wähnen, daß damit erreicht sei, was man gewollt. Im Kerker wächst stets nur die Größe des Stellvertreters Jesu Christi, und wenn man den Papst auch morden kann, so ist doch das Papstthum unsterblich. Das Blut eines Papstes hebt das Schifflein Petri und sprengt die Ketten, die es festhalten sollen. Und wiederum wirft der Menschenfischer auf hoher See die Netze aus, die unter der Last der Fische brechen wollen.

So ist unser Schmerz und unsere Besorgniß von frommer Hoffnung gemildert; wir trauern über die Leiden, die das großmüthige und liebevolle Herz des Friedensfürsten im Vatikan jetzt wieder niederdrücken sollen; wir trauern vor Allem über die gottesräuberischen Gewaltthaten, die auch sein größter

Kummer sind, über die wahnsinnige Wuth derer, welche wieder einmal den Felsen der Kirche zu zersprengen versuchen und nur selber daran zerschellen. Die Thoren! In ihrer Feind=schaft gegen die Kirche erkennen sie nicht, daß ihre Angriffe, wie die ihrer Vorgänger seit 2000 Jahren, nur dazu dienen werden, durch ihre Erfolglosigkeit **einen neuen Beweis für die göttliche Einsetzung des Papstthums zu liefern.** Manches irrende Schäflein wird dadurch wieder die wahre Kirche erkennen und zur Heerde zurückkehren, das ist unsere Hoffnung bei allem Schmerz: „**Du bist Petrus und auf diesen Felsen will ich meine Kirche bauen und die Pfor=ten der Hölle werden sie nicht überwältigen.**" —

Keine Macht der Hölle wird also den Grund=stein der Kirche stürzen; denn wo man als Grund=stein Petrus findet, dort ist die Kirche von **Gott gegründet. Daher die Drohung Christi: Wehe einem Jeden, der auf diesen Stein fällt, er wird zerschmettert werden! (Matth. 24, 44.*)**

---

*) Dergleichen Beispiele liefert die Welt= und Kirchengeschichte in Menge, und wir selbst sahen an Napoleon I., dem großen Ver=folger des ehrwürdigen Pius VII. bestätigt, daß, „wer auf diesen Stein fällt, zerschmettert werde." Daß die geistige Gewalt der katholischen Kirche stärker sei, als alle welt=liche Macht der Gewalthaber auf Erden, beweist unter andern Folgendes: Als Napoleon Kunde erhielt, daß Papst Pius, um seine Rechte zu wahren, wider ihn und seine Rathgeber den kirch=lichen Bannfluch auszusprechen Willens sei (was nachher wirklich geschah), machte Napoleon bloß die spöttische Bemerkung, daß seinen Soldaten deßwegen doch nicht die Gewehre aus den Hän=den fallen würden. Und siehe da! bei der Retirade der sogenannten großen Armee aus Rußland ging dies buchstäblich in Erfüllung.

72.

Pius IX. „crux de cruce.“

Kreuz vom Kreuze.

So lautet der prophetische Beiname des gegenwärtigen
Papstes nach der Prophezeiung des heil. Malachias, Bischofs
in Irland. Und wunderbar — muß man ausrufen, da auch
diese Prophezeiung bis jetzt schon an Pius IX. in Erfüllung
ging. Er war bis jetzt in Wahrheit ein „Kreuz vom Kreuze“
(crux de cruce) — ein Stück vom Leidensholze des Erlösers — Leiden von Leiden, Ungemach aus Ungemach. Denn
wann ward je eine päpstliche Bulle mit Füßen getreten,
wann blieb je der päpstliche Bannfluch unbeachtet? Selbst
von seinem Sitze vertrieb man ihn — und welche Kränkun-
gen, Schmähungen wurden und werden ihm nicht bis heute
selbst von seinen eigenen katholischen Kindern zugefügt —
ganz ähnlich wie dem kreuztragenden Heilande! O wie viele
Thränen hat ihm diese Bürde schon gekostet — man kann
sagen, so wie Christus einstens über das verstockte und ver-
blendete israelitische Volk weinte, so auch Pius IX. über
die Verblendung der jetzigen Völker!

„Es scheint,“ schreibt ein deutscher Kirchenfürst,[*]) in seinem Hirtenbriefe (November 1859), „es scheint, als sei es
im unerforschlichen Rathschlusse Gottes bestimmt, daß Pius IX.
alle Bitterkeiten des Kreuzes, wonach Er sich nennt, ver-
kosten solle, um alle Verdienste des Kreuzes zu erringen.

_____

Tausende von Gewehren entfielen den erstarrten Händen der
Soldaten. — Sobald Napoleon die Feindseligkeiten gegen die
Kirche begonnen, wich der Segen des Himmels von ihm, sein
Thron wankte und stürzte. „Wer auf diesen Stein fällt,
wird zerschmettert werden!“

*) Dr. Heinrich Förster, Fürstbischof von Breslau.

Das Hosianna, das man Ihm entgegen jubelte, ist längst durch das: „Kreuzige Ihn" übertönt. Man hat Ihn verkannt, wie den göttlichen Meister, dessen Stellvertreter auf Erden Er ist. Man hat Ihn verleumdet und gehaßt; man hat Ihn verfolgt und in die Verbannung getrieben. Mehr als ein Judas hat Ihn verrathen, mehr als ein Annas und Kaiphas haben zu Gericht über Ihn gesessen. Pilatus und Herodes sind Freunde geworden, um Ihn zu verhöhnen und zu verurtheilen. Man hat Ihn mit Hohn gegeißelt und die Dornenkrone des Spottes um Sein Haupt geflochten. Man hat Ihn mit der Galle gottlosen Undanks und mit dem Essig grausamer Wuth getränkt. Man hat das schwere Kreuz der Schmach auf Ihn gelegt und jetzt — jetzt werfen sie über Sein Gewand das Los und theilen Seine Kleider unter sich, indem sie ihre gottesräuberische Hand nach dem Erbtheil des heil. Petrus ausstrecken!

Und die das thun, sind Seine Kinder!

Wahrlich, Kreuz über Kreuz!

Pius aber, der große Dulder, blickt vertrauensvoll zum Himmel und betet. Und beten soll die gesammte Kirche mit Ihm und für Ihn. Das Gebet ist die rechte Hilfe, und diese Waffe besiegt die Hölle und erstürmt den Himmel."

73.

Das Lied vom Kreuze.

Vom Himmel kam die Liebe
Und sucht' und fand das Kreuz;
Das Kreuz kam von der Liebe,
Die Liebe kam vom Kreuz.

Des Vaters Eingeborner
Hat sich das Kreuz erwählt;
Der Menschheit Auserkorner
Hat Lieb' und Kreuz vermählt.

Auf weitem Erdenrunde
Des Heiles Fahne weht.
Im treuen Liebesbunde
Des Kreuzes Heerbann steht.

Wo Christi Jünger gehet,
Geht Lieb' und Liebespein —
Und wo kein Kreuzbaum stehet,
Kann Christi Lieb' nicht sein.

Des Christen Lieb' bewähret
Der reine Opfermuth,
Des Christen Lieb' verkläret
Das heil'ge Martyrblut. — —

So führt zum Kreuz die Liebe,
Zur Liebe führt das Kreuz: —
Zum Kreuze — Christi Liebe
Zur Liebe — Christi Kreuz.

O Pius! Kreuz vom Kreuze!
Dir ward ein guter Theil . . .
O Pius! Kreuz vom Kreuze!
Vom Kreuze kommt das Heil!

J. F. M

74.

Die Messe des heiligen Vaters.

Welch ein schöner Tag ist es für die Römer um eine
heil. Messe des Papstes! Die ganze Stadt schmückt sich für
diese Feier; die ganze Stadt thut ihr Festgewand an. Alles

drängt sich in der Basilika an einander, Alles reicht sich die
Hand, denn die heil. Messe, welche mit einem so außerordent=
lichen Glanz nun gefeiert werden soll, ist das Siegel der
Gleichheit. Derjenige, den Gold, Purpur und die kostbarsten
Diamanten mit ihrem Glanze überstrahlten, kam vielleicht einige
Jahre zuvor, arm und einsam, ein Stücklein Brod um Got=
tes willen zu heischen, dessen Stellvertreter er heute ist; und
in dieser dichtgedrängten Menge, welche nur Arme und Augen,
nur einen Mund hat, um zu beten, findet sich vielleicht ein
kleiner Knabe oder ein einfacher Mönch, welchen der Himmel
bestimmt, einstens ebenfalls jenen Altar zu besteigen, an dem
allein der Papst das Recht hat, die heiligen Geheimnisse zu
feiern, — sagt ein Schriftsteller unserer Zeit, der nachstehend
interessante Einzelnheiten mittheilt:

„In den Feierlichkeiten der Kirche liegt etwas so Ernstes,
Rührendes und Feierliches, daß ich von jeher aus Instinkt
Katholik war. Als Kind liebte ich jene so süßen und traurigen
Gebete, welche unsere Geburt und unsern Tod begleiten. Als
junger Mensch wurde mein Herz zu Thränen gerührt, wenn
am heiligen Pfingstfeste oder beim Beginn eines neuen Schul=
jahres das Veni creator Spiritus (komm, Schöpfer Geist)
ertönte. Wie sehr war ich erfreut, wenn ein Priester in einer
ländlichen Kirche das Tedeum, den Hymnus der Engel und des
Sieges anstimmte. Man mag daher auf die Gefühle schließen,
von denen mein Herz erfüllt werden mußte, als ich in der Ba=
silika das erste Mal den Vater der Gläubigen, so zu sagen auf
den Schultern von ganz Rom getragen vor dem von dem Feuer
tausendfachen Kerzenlichts strahlenden Altare auf seinem Throne
Platz nehmen sah. Ich achtete nicht der Könige, die um die vier
Bronzesäulen, welche die Kuppel zu tragen scheinen, auf den
Knien lagen, nicht ihrer Gesandten, die dieses Beispiel nach=

ahmten, nicht der römischen Senatoren im Purpur ihrer an=
tiken Togen, nicht der sechzig Cardinäle, deren gleichförmige
Festgewänder von den schwersten Diamanten funkelten; ich sah
nur einen Einzigen. Dieser war der Papst, ein Greis
von leidender Gestalt, mit schönen weißen Haa=
ren, dessen Lippen erhabene unaussprechliche
Worte murmelten. Ich hörte nichts von der entzückenden
Musik, welche die Herzen gleich dem Muttergesang durch=
drang, nichts von allem, was vorging. Meine Seele war in
meine Augen übergegangen, und meine Augen hafteten auf
demjenigen, welchem es gegeben worden ist, zu binden und zu
lösen auf der Erde, was im Himmel gebunden oder gelöst sein
wird. Als ich mich etwas an den blendenden Glanz, der alle
Kräfte verzehrt, gewöhnt hatte, konnte ich mir von den Ein=
drücken, die mich beseelten, Rechenschaft geben; jetzt konnte
ich über meine Verwunderung nachdenken, und wahrlich
ich habe gesehen, was all der Zauber des Pinsels eines Ra=
phael, die ganze dichterische Kunst eines christlichen Byron
nicht auszudrücken vermöchte. Wenn das goldene Kreuz, getra=
gen von einem Prälaten und umgeben von sieben goldenen Leuch=
tern, welche junge Leviten kaum zu halten vermögen, inmit=
ten der Volksmenge erscheint, die eben noch wie die Fluthen
des aufgeregten Meeres wogte, da bemächtigte sich Aller eine
religiöse Stille; sodann begrüßt der katholische Gesang: Tu
es Petrus, et super hanc petram aedificabo ecclesiam
meam (du bist Petrus, und auf diesen Felsen werde ich meine
Kirche gründen) den Eintritt des heil. Vaters. Die Tiara auf
dem Haupte, läßt er sich demüthig am Grabe nieder, in dem
die Gebeine der Apostelfürsten bestattet sind. Nach kurzer Weile
erhebt er sich wieder, und nun steht derjenige, welcher so
eben wie ein armer Sünder gebetet hat, als Erdenfürst und

138

unſer heil. Vater da, der die Huldigungen der Kardinäle, ſei=
ner ehrwürdigen Brüder, empfängt. Dieſe Huldigung, das
übliche Vorſpiel jeder päpſtlichen Meſſe, iſt ohne Widerſpruch
eines der erhabenſten Schauſpiele der Erde.

Denke dir ſechzig Greiſe, beladen von Jah=
ren, Tugend und Wiſſenſchaft, ganz mit Pur=
pur bedeckt, alle hingeworfen zu den Füßen deſ=
ſen, den ſie in eigener Wahl zu ihrem Herrn er=
koren haben, deſſen, der vielleicht der Schützling des einen
oder andern von ihnen gweſen iſt, als er, noch Mönch oder Prie=
ſter, in der Einſamkeit, in die ihn ſeine Geburt oder ſeine Armuth
verſetzt hatte, den Grund zu ſeinem Namen legte. Unter die=
ſen Mitgliedern des heiligen Collegiums findet man Königs=
ſöhne, Sprößlinge von Kaiſern, Fürſten, Männer von
hoher Abſtammung, an deren Namen großer Ruhm geknüpft
iſt. Dies ſind diejenigen, welche mit Ehrfurcht dem Papſte
die Füße und den Ring küſſen. Dies ſind diejenigen, welche
ſich noch mehr verdemüthigen, indem ſie ſo in dieſer Kirche,
wo die Gleichheit des Kreuzes herrſcht, für den Zufall des
Reichthums oder das Glück der Geburt Verzeihung ſuchen.
Nach ihnen kommen der römiſche Senat, dann die Könige,
die Fürſten und die Geſandten aller Länder. Wenn dieſe Hul=
digung durch alle Rangſtufen hindurchgegangen iſt, wenn ſie
auf den Stufen des Thrones Königsſöhne und Kinder des Vol=
kes zuſammengeführt hat, ſo erhebt ſich der Papſt; die Tiara
fällt von ſeinem Haupte, und man ſieht nur einen
Prieſter in weißem Haar.

Die Meſſe beginnt. Die ganze Kirche, durch
Deputationen von Prieſtern oder Gläubigen vertreten und in
der Meinung geeinigt, betet mit ihrem Oberhaupte.
Um den Altar, welchem bei dieſer Feier nichts Unheiliges ſich na=

hen darf, stehen die Kardinäle, die Fürsten der heiligen römischen Kirche, die dem Celebranten demüthig dienen. Bischöfe, welche in ihren Kathedralen gleichfalls der Gegenstand von Huldigungen sind, finden sich glücklich, aus dieser Menge von kirchlichen Würdenträgern ihrem Hirten Wein, Wasser und Weihrauch, von seinen Händen gesegnet, darreichen zu dürfen.

Die Patriarchen der griechischen Kirche mit ihrem priesterlichen Schmuck aus der Zeit der Kirchenversammlungen singen in Folge von althergebrachtem Gebrauche vor dem Altar mit gebrochenen Stimmen in jener wohlklingenden Sprache, welche der Dichter Homer verewigte, die Epistel und das Evangelium, welche sodann die Cardinaldiacone lateinisch verlesen. Wenn der Apostel und Christus gesprochen hat, so spricht seinerseits der Mensch, der Christ; und das Credo, welches unsern ganzen Glauben umschließt, und die Vergangenheit mit der Zukunft verknüpft, steigt aus Einem Munde und aus hunderttausend Herzen auf. —

Alsdann werden aus jenen prächtigen, unter Pius VI. erbauten Sakristeien, welche ebenso viele Marmorpaläste bilden, von Prälaten die heiligen Gefäße gebracht, deren sich ausschließlich nur die Päpste zu bedienen das Recht haben, die reichen Tiaren, welche sie sich sterbend als eine Bürde auf Erden und vielleicht in dem Himmel vermachen, hernach alle jene Schätze, welche die Kirche besitzt, alle die Diamanten, mit welchen die Frömmigkeit und Freigebigkeit der Herrscher sie angefüllt hat. In jenem feierlichen Augenblicke, wenn der Papst, der diese christliche Volksmasse beherrscht, welche die Räume gern vergrößern möchte, sich von seiner Umgebung trennt, sich auf das Knie niederläßt und jene geheimnißvollen Worte, die Worte des Le-

bens spricht, welche Brod in Gott, und Wein
in sein Blut verwandeln, so gibt es und kann es kei=
nen Häretiker oder Ungläubigen mehr geben, so gibt es nur
noch Christen; denn es ergreift die Religion in ihrer gan=
zen Macht und mit dem ganzen Zauber ihrer Erinnerungen
das Herz, und die allgemeine Stille bezeugt ihre Macht
über die Menschen.

Das Geheimniß der Liebe und der Versöhnung ist bald
zu Ende. Die Gesänge beginnen wieder; aber diese Gesänge,
in welche sich kein menschliches Instrument mischt, diese Ge=
sänge haben von den göttlichen Worten, welche der Consecri=
rende ausgesprochen hat, etwas Uebernatürliches angenommen.
Es ist keine irdische Musik, welche diese Mauern, die Zeu=
gen so großer Wunder, erschüttert, die Mauern, welche so
viel Heiliges und so großen Reichthum umschließen; es liegt
eine solche Anmuth in diesen Stimmen, in diesen Gebeten,
welche die geräumige Basilika mit erhabener Harmonie erfüllen,
daß sich die Seele mit ihnen aufschwingt, und in diesem Augen=
blick, die Blicke auf den Altar und den heil. Vater richtend,
betet, wie die ärmste der Frauen beten würde. Den Mächtigen
der Erde entlockte Thränen fallen auf die prachtvollen Decken
des Vorplatzes; und ich habe da oft Engländer mit kaltem
Herzen, mit von ehrgeizigen Berechnungen und von den Ge=
nüssen des Lebens vertrockneter Seele, Engländer voll von
Zweifelsucht oder mit einem tief in die Nacht des Irrthums ge=
tauchten Gewissen, wie Katholiken, ausrufen hören: Hier ist
für uns gut sein.

Die Kanonen der Engelsburg, die große Glocke von St.
Peter verkünden, daß der Papst sich naht, Stadt und Erd=
kreis zu segnen. Da stürzen Alle, welche das Glück hatten, in
den Tempel zu gelangen, und Alle, denen es nicht vergönnt.

war, Eintritt zu erhalten, auf den großen Platz des Vati=
kans, welchen eine italienische Sonne beleuchtet. Hier, neben
dem Künstler, der in den schönen Gestalten der Römer, in
der anmuthigen Haltung der Frauen aus dem Volke eine künst=
lerische Anregung sucht und einen Gegenstand zu einem Ge=
mälde erhofft, strömt alles dahin, was Rom an Mächtigen,
Reichen, Gelehrten und Fremden umschließt. Es ist dies ein
Panorama voll Leben, das dem entzückten Auge die Costume
aller Nationen, die Uniformen aller Höfe und die Kleidun=
gen aller Gegenden entrollt.

Es ist Mittag. Die Kanone erdröhnt, die Glocken der
vierhundert Kirchen der ewigen Stadt schwingen in raschem
Flug ihr tönendes Erz, alsbald sieht man auf dem Balkone
von St. Peter den Thron des Papstes glänzen, und das Wort
des christlichen Glaubens: Il santo padre! (der heil. Vater!)
nur leise ausgesprochen, wiederhallt in allen Reihen. Männer,
Kinder, Frauen, Greise, Alles wirft sich mit geneigtem Haupt
in den Staub; dann erhebt inmitten der feierlichsten und andacht=
vollsten Stille der Papst die Hände und segnet die Stadt, das
Morgenland und das Abendland; die ganze Welt hat Anspruch
auf seinen Segen. Erhabene Worte, Worte der Liebe und der
Hoffnung entströmen seinem Munde. Das Volk erhebt sich,
Freude in den Augen, Glück in den Herzen und ruft in der
an Wohlklang so reichen italienischen Sprache: Viva! Viva!
Es will durch diesen Wunsch seinem Oberhirten vergelten, was
des Priesters Gebet so eben ihm verliehen hat.

Woher kommt diese Sitte? Wer hat sie begründet, wer sie
erdacht? Vielleicht ein einfacher Ceremonienmeister? Wie dem sein
mag, sagt Louis Veuillot, es ist etwas, was größere Macht auf
mich übt, als alle Verse eines Dante, alle Gemälde eines
Raphael und als alle Musik eines Mozart. Ich sage, es war

ein großer Geist, der das Menschenherz gründlich kannte. Ich habe Leute gesehen, welche dieser Akt an dem tiefsten Wesen ihres Hochmuthes ergriffen hat, die sich auf die Kniee warfen und wieder sich erhoben, ganz und gar umgewandelt durch diese Segnung, welche sie nur sehen wollten und wider Willen empfingen. Tu es Petrus! (Du bist Petrus). Auf dich hat der Herr seine Kirche gebaut. Wie groß auch die scheinbare Schwäche sei, die Pforten der Hölle werden gegen Dich, das feste Fundament des Meisterwerkes Gottes nichts vermögen! Wenn man bedenkt, wem dieses Versprechen gemacht worden ist, und wenn man es also seit neunzehn Jahrhunderten, von denen keines abgeflossen ist, ohne daß sich ein furchtbarer Feind gegen die Kirche erhob, erfüllt sieht, so muß man gestehen, daß Gott jedes andere sichtbare Wunder unnöthig gemacht hat, und man nicht nach einem andern Beweis seiner Allmacht zu suchen braucht.

75.

Pius IX.

Es steht ein Haus so klein und fest
Auf felsenfestem Grund gebaut,
Es heult der Sturm von Ost und West,
Des Hauses Horizont ergraut.
Der Donner rollt, das Feuer blitzt,
Gewaltig bringt der Sturm herein,
Doch eine mächt'ge Hand beschützt
Den Herrn, das Haus so stark und klein.

Es brausen fest des Meeres Wog'n
Rings um ein kleines Schifflein her
Und schleudern dann es hoch im Bog'n
Am Meeresspiegel hin und her.

Den Schiffer aber führt ein Stern
Und dann das Ruder an dem Kahn',
Vom Zufluchtshafen nicht mehr fern,
Getrost auf des Meeres Bahn.

Es steht ein Mann vom Feind umringt,
Gelehnt am Baume, ohne Schild;
Er sieht, wie man zum Hiebe schwingt
Das Beil, der ihm und Baume gilt.
Doch fest steht Mann und Eiche dort
Und nicht der kleinste Zweig erbebt.
Der Baum, er dient dem Mann' zum Hort,
Wenn Unglück ob dem Haupte schwebt.

Wer kennt das Haus, das Schifflein nicht,
Den Schiffer und den wacker'n Mann?
Der, wenn herein auch Unheil bricht,
Vertrauend lehnt am Eichenstamm?
Er wanket nie auf seinen Wegen.
Er, der mit Liebe Alles schafft,
Der Allen spendet seinen Segen,
Der Himmel schenk' ihm Muth und Kraft.

J. C. Romeister.

76.

Rom.

Kennst Du das Land, wo Petri Felsen steht,
Ein Sturmwind jetzt um seine Firnen weht;
Ein wankelmüthig Volk das Land bewohnt,
Ein Felsenmann in seiner Mitte thront:
Kennst Du die Stadt und den Sankt Peters Dom?
Es ist das alte, ewig neue Rom!

Kennst Du die Stadt in ihrer Felsenkraft,
Mit frommen Sinn für Kunst und Wissenschaft,

Christ Du der Christentreue heilig Band:
So zeige dies mit off'nem Herz und Hand,
Und eil' mit mir, o liebe Seele, komm'
Und sieh' die hehre Gottesstadt, sieh' Rom!

Kennst Du den Vater, dessen Herz geweiht
Dem ew'gen Wohl der ganzen Christenheit?
Treu schlägt es stets, bis daß sein Auge bricht,
Und er erhält den Lohn für seine Pflicht:
Es ist der liebe Vater, treu und fromm,
Der Stellvertreter Christi, Papst in Rom!

Nach Rom muß jetzt die treue Liebe zieh'n,
Soll uns des Glückes gold'ne Palme blüh'n;
Dort knüpft sich fester uns'res Geistes Band.
Heil uns, es ist des Christen Vaterland!
Kennt ihr nun dieses Land? Dahin, dahin
Will ich mit dir, o treue Seele! zieh'n.

f. X. S.

(Ein in Amerika lebender Tiroler.)

77.

Roma hoch!

(Lied für die päpstlichen Freiwilligen.)

1.

Wer ist zum Kampfe bereit,
Zieht mit Muth in den Streit,
Wer faßt des Glaubens heiligen Schild?
Wer will mit Kraft und Muth
Opfern Gut und Blut,
Da der Feind auf's Heiligthum zielt?

Auf ihr Brüder, setzet euch zur Wehre,
Kommt heran als treue und gläubige Schaar,
'S gilt den Kampf für Gottes Ehre;
Bringt die Herzen liebend ihm zum Opfer dar.

Seht die Frevler, seht ihr schändlich Treiben,
Sie begeifern die Wahrheit mit Spott und mit Hohn;
Laßt uns nicht im trägen Schlummer bleiben,
Auf zum Kampfe für Wahrheit und Religion.

Mit Vertrauen und Muth sei der Kampf jetzt gewagt,
Brüder auf, eilt zusammen, seid unverzagt.
Gebt dem heiligen Glauben, der Wahrheit das Wort
Als katholische Brüder immer fort.
Hoch lebe Roma, hoch
Der Vater der Christen, er lebe hoch!

2.

Horch! es ertönt das Geschrei
Keck und ohne Scheu
Stürzt des Papstes Recht und Gewalt!
Eilt zu vernichten die Pracht,
Roma's Hoheit und Macht,
Die mit Tiara und Scepter prahlt?

Hört ihr's Brüder, hört ihr dies Gejohle,
Und ihr sitzet doch ruhig und schweiget dazu!
Trug und Frechheit lautet die Parole,
Diese rufen sie laut und ihr schlummert in Ruh!

Schlagt zusammen die heuchlerischen Schlangen,
Die für Bosheit und Unrecht laut künden ihr Wort,
Die mit Frechheit ins Heiligthum drangen,
Die mit Schande beflecken den heiligen Ort!

Für die Wahrheit, das Recht schließt sich unser Bund,
Für den Glauben zu kämpfen in jeglicher Stund';
Für Sankt Peters Thron, für sein Fortbesteh'n,
Laßt uns muthig zum off'nen Kampfe geh'n!
Hoch lebe Roma, hoch
Der Vater der Christen, er lebe hoch!

78.

Die Katholiken.

Wo Geist und Kraft in Katholiken flammen,
Und Gottvertrauen stählt das Menschenherz,
Da steh'n sie fest und halten treu zusammen
Zu lindern ihres Vaters herben Schmerz.
    Ob Fürst und Reich' zersplittern,
    Wir werden nicht erzittern;
Denn Christi Reich wird immer fortbestehen,
Die e i n e Kirche wird nie untergehen.

Weiß sei d'rum fortan unser Kampfeszeichen
Und roth, wie Liebe, die das Herz durchglüht,
So schwören wir, im Tode nicht zu weichen,
Da jenseits uns die Siegespalme blüht.
    Ob Kaiserreiche splittern,
    Wir werden nicht erzittern;
Denn Christi Reich wird immer fortbestehen,
 Die h e i l' g e Kirche wird nie untergehen!

So schwören jetzt die treuen Katholiken
Dem Stellvertreter Christi laut:
„Wir w e r d e n nie ge st a t t e n zu be d r ü ck e n
Die h o h e, eine, h e i l' g e G o t t e s b r a u t!"
    Mag auch die Erde splittern,
    Wir werden nicht erzittern,
Denn Christi Reich wird immer fortbestehen,
K a t h o l i s ch wird nie untergehen.

D'rum Millionen ihr, der Kirche Glieder!
(Hör' es, der du nach Kirchengute schnappst!)
Noch einmal schwört, ihr Katholiken, Brüder!
Und wißt: Gott schützt die Kirche, Rom und Papst!
    Mag auch die Welt zersplittern,
    Wir werden nie erzittern;
Denn Christi Reich wird ewig fortbestehen:
A p o st o l i s ch wird nie untergehen!

f. X. S.
(Ein in Amerika weilender Tiroler.)

79.

Der St. Peters-Pfennig.

In alter Zeit war's Christenbrauch,
Den Pfennig Rom zu geben;
So hielt's der Fürst, der Bettler auch:
Der Papst ja mußte leben.

Da nahte Pipin, Frankreichs Sohn,
Und gab — fürwahr nicht wenig —
Dem heil'gen Vater einen Thron
Als seinen Peters-Pfennig.

Noch mancher Fürst bracht' Gaben dar
Für „Gott vergelt's!" zum Lohne;
Doch dankt' am laut'sten immerdar
Rom seinem „Ält'sten Sohne."

Die Zeiten grauer Vorzeit, seht!
Sie kehren heut' zurücke;
Nur daß nicht Einer es erräth,
Wer heut' den Pfennig schicke.

Die Mächt'gen dieser Welt, sie sind
So karg mit ihren Gaben,
Den Vater muß das arme Kind
Mit seinen Hellern laben.

Und, Karol Magnus, Pipin — seht!
Den Pfennig, den sie gaben,
Will, der auf ihrem Throne steht,
Zurück — ein Räuber — haben.

„Der Kirche Sohn?!" Fluch deiner That!
Willst so den Pfennig mehren?
Der Herr, der dich erhoben hat,
Muß sich vom Diebe kehren.

Greif, „Ehrenmann," mit Frevlermuth
Und räuberischen Händen
Nur immerhin nach Kirchengut, —
Dies Werk wird Frankreich schänden.

Gebrandmarkt Deinen Namen wird
Die Weltgeschichte sehen;
Doch strahlend Pius — guter Hirt!
Zur Nachwelt übergehen!

80.

Streiter Christi — auf zum Streite*).

Streiter Christi — auf zum Streite!
Seht von Nah' und aus der Weite
Stürmt der Erbfeind wild heran. —
Ach, aus seinen finst'ren Ketten
Kann nur treuer Kampf uns retten;
Auf denn — kämpft, und brecht euch Bahn!

Hoch das Schwert der Wahrheit schwinget,
Daß es laut den Geist durchdringet,
Tief im Herzen Wunden schlägt;
Setzt die Welt in Feuerflammen,
Die vom Heerd' der Liebe stammen,
Den in starker Brust ihr trägt.

Blitzt auch Satans Aug' im Grimme,
Rollt, wie Donner, seine Stimme,
Zittert nicht! — steht Mann an Mann!
Steht ja nicht allein im Streite,
Kämpft ein Held euch treu zur Seite,
Der noch stets den Sieg gewann. —

---

*) Vom J. K. aus dem Friedensboten.

„Fürchte nicht, du kleine Herde!"
Ruft der starke Kriegsgefährte,
„Denn mein Arm bezwang die Welt.
„Wie der arge Feind euch hasse,
„Ohne daß ich's weiß — und lasse,
„Euch kein Haar vom Haupte fällt." —

Ruft's — und geht der hohe Streiter
Und ersteigt zuerst die Leiter,
Die auf Sion's Mauern trägt. —
Schaut, wie hell die Rüstung schimmert,
Hört, wie dumpf die Hölle wimmert,
Da sein Arm sie niederschlägt. .

Ja, sie sinkt auf's Haupt geschlagen,
Da der Kriegsheld ohne Zagen —
Triumphirt: „Es ist vollbracht!"
Da von Himmelskraft umschwebet,
Blutroth sich sein Kreuz erhebet,
Stürzt dahin der Hölle Macht. —

D'rum — umlagert von Gefahren
Lasset unter's Kreuz uns scharen,
Dann, gewiß, dann siegen wir. —
Schmählich muß der Feind erliegen,
Wenn wir herzhaft ihn bekriegen
Unter Christi Siegspanier.

Unter dieses Banners Wehen
Ist es fest und sicher stehen, —
Da erschlafft des Feindes Pfeil.
Nicht in blanker Waffen Menge,
Nicht in eitlem Wortgepränge —
Nein — im Kreuze nur ist Heil. —

Drängt euch hin zum Kreuzesstamme:
Dort, an Jesu Herz', entflamme
Eure Liebe, euer Muth; —

Kraft zum großen Kampfeswerke
Thaue mild, als Quell der Stärke,
Über euch des Heilands Blut. —

Wer so t r e u zum Kreuz aufschauet,
Auf den Herrn in D e m u t h bauet, —.
Weicht im heil'gen Streite nicht:
Sinkt auch matt der Arm ihm nieder,
Hebt der Gnade Zug ihn wieder,
Bis: „R u h s a u s" der Herr einst spricht.

81.

Die päpstliche Hymne.

Von Kardinal Wisemann.

Wo sich Petri Dom erhebet,
Roma ew'ger Ruhm umschwebet,
Tönt's aus frommer Brust gesungen,
Tönt's in aller Völker Zungen:
    Segen Pius, unf'rem Vater,
    Gottes Segen, langes Heil!

Und die sieben Hügel schallen,
Mit des Vaticanes Hallen,
Selbst der Heil'gen stumme Grüfte
Rufen weithin in die Lüfte:
    Segen Pius, unf'rem Vater,
    Gottes Segen, langes Heil!

Und es schallt in gleicher Weise
Auf dem ganzen Erdenkreise,
Von den Bergen, Eb'nen, Meeren,
Tönet es in Andachtschören:
    Segen Pius, unf'rem Vater,
    Gottes Segen, langes Heil!

Engel, mischet in die Klänge
Unsres Sangs auch eure Sänge,
Daß es fort begeistert schalle,
Bis vom Sterngewölbe halle:
Segen Pius, unsrem Vater,
Gottes Segen, langes Heil!

82.
Gott segne den Papst *).

Im pochenden Herzen des neuen Rom,
Wo herrlich ragt der Apostel Dom,
In jeglicher Zunge haucht fort und fort
Der Pilgernden Mund ein einzig Wort:
Gott segne den guten, den mächtigen Papst!

Des Vatikans majestätisches Dach,
Der Marmorsaal, das gold'ne Gemach
Verdoppeln den Schall, bis im süßesten Klang
Das Echo verklingt die Hügel entlang:
Gott segne den guten, den mächtigen Papst!

Und dringend in jede geweihte Gruft,
D'raus Gott den Leib zur Glorie ruft,
Streift's durch die Ebene feierlich hehr,
Weht über Alpen, rauscht über's Meeer:
Gott segne den guten, den mächtigen Papst!

Vom glühenden Süden, vom starren Nord,
Wiegt's majestätisch die Welle fort,
Doch klingt es wärmer und treuer nicht,
Als es aus heimischen Herzen bricht:
Gott segne den guten, mächtigen Papst!

---

*) In England's katholischen Kreisen wird häufig das in deutscher Über-
setzung hier gegebene Lied, ein Gedicht des Cardinals Wisemann, gesungen.

Denn wie des unsichtbaren Funkens Kraft
Im magischen Leiter das Wort erschafft,
Zuckt flammend, was einfach das Kind spricht aus,
Vom Herz zum Herzen, von Haus zu Haus:
Gott segne den guten, den mächtigen Papst!

Bis zu den Herzen der Seligen es bringt,
Die mit uns in Liebe vereinigt sind,
Und sie theilen und segnen der Pilger Gluth,
Wie Regen erquickt durch geborgte Fluth!
Gott segne den guten, den mächtigen Papst!

Schlußwort an den Leser.

(Das wohl gelesen werden soll.)

Ich glaube die in diesem Buche angeführten wenigen Züge Pius IX. geben hinlänglich Zeugniß von seiner Wohlthätig= keit und Liebe, von seiner Herzensgüte und Menschenfreund= lichkeit, von seiner väterlichen Sorgfalt und den erhabenen Tu= genden des festen, unerschütterlichen Glaubens und der ausge= zeichneten Frömmigkeit, mit denen sein Leben geschmückt ist. Vieles, ja sehr vieles könnte noch berichtet werden — allein, es würde über die bescheidenen Gränzen dieses Buches hinausgehen, um dies Alles weitläufig zu erzählen.

Ich begnüge mich hier zum Schlusse mit Margotti nur noch auf seine „Besuche im Hospital der „Assumta" hin= „zuweisen, in der Schule des heil. Norbert auf dem Esquilin, „wo er die Zöglinge aus dem Katechismus fragte, und sie mit „eigener Hand belohnte; in dem Hospital des heil. Michael am „Ufer, in dem Detentionshaus' der Minderjährigen bei St. „Balbina, in dem Hospital der französischen Cholerakranken, „in der Schule der verwahrlosten Mädchen, und der Töchter „der im Gefängniß befindlichen Eltern, in dem von ihm ge= „gründeten Collegium der päpstlichen Cadetten, in dem Hospiz „der Taubstummen, in dem Gefängnisse der Frauen, in dem „Hospiz der jungen Leute zu Termini, in dem neuen Gefäng= „nisse, u. s. w. Überall findet man Pius IX., wo eine Thräne „zu trocknen, ein Verirrter auf gute Wege zurückzuführen, „eine Antiquität ist, um sein Rom mit ihr zu bereichern. Er

„ist auf der Appischen Straße, die durch seine Freigebigkeit
„eröffnet und wiederhergestellt ist; jetzt befindet er sich bei den
„in dem Coemeterium des Callistus gefundenen Alterthümern;
„dann im Pantheon, dann im Observatorium des Capitols, und
„häufig auch in der Werkstätte des Künstlers, um dessen Ar=
„beiten zu würdigen. Wohin aber der Papst geht, hinterläßt
„er Spuren seiner Wohlthätigkeit; ja sein ganzes Leben ist voll
„von Liebe und Frömmigkeit. Seine Liebe erzählte das Hospiz
„der Waisen, das er erweiterte und vielfach beschenkte; die auf
„seine Kosten für die armen Mädchen eröffneten und den barm=
„herzigen Schwestern anvertrauten Schulen; die Einrichtung
„des Seminarium Pium; das in Sinigaglia gestiftete Gym=
„nasium, das der Gesellschaft Jesu anvertraut wurde; die auf
„seinen Befehl innerhalb des Colloseums vertheilten reichlichen
„Almosen; die bedeutenden, den Armen seiner Vaterstadt und
„denen von Segni, so wie dem Hospital der Stadt Lugo ge=
„reichten Unterstützungen; die 2520 vom heil. Vater an dem
„Tage der Erklärung der unbefleckten Empfängniß zur Dispo=
„sition des St. Vinzenz=Vereines zur Unterstützung der Armen
„gestellten Scudi; die verschiedenen Gegenden der Marken, die von
„der Cholera heimgesucht worden, und den Armen des Hafens
„von S. Benedict gewährten Unterstützungen; die feststehenden
„jährlichen Verabreichungen beträchtlicher Summen an verschie=
„dene fromme Institute; andere Einkünfte zu Gunsten der in
„der Stadt Segni vereinigten frommen Frauen- der heil. Fa=
„milie; die Dotation der „Maestre Pie" zu Castel Nuovo von
„Farva; die von Pius IX. eingesetzte Commission für die Cho=
„lerawaisen; die von ihm für die verlassenen und bettelnden
„Mädchen in Ancona bewiesene Sorgfalt; die zwei Institute
„der Barmherzigkeit zu Bagnorea, welche er reich bedachte;
„das fromme Werk des Priesterhospizes, errichtet durch Breve

„vom 20. März 1855, u. s. w. Seine Frömmigkeit bezeugt
„die Errichtung von drei Pfarreien in Sinigaglia, welche von
„dem heil. Vater aus seinen Privatmitteln dotirt wurden, sein
„hochherziger Beitrag für die neue unterirdische Kirche von
„Assisi, und für die des heil. Bernhard; die besonders durch
„seine Freigebigkeit restaurirte Kirche des heil. Pankratius; die
„auf seine Veranstaltung in zwei Kirchen von Ravenna wieder=
„hergestellten Mosaiken, sehr viele an Orden, Kirchen, Klö=
„ster, bischöfliche Tische und Seminarien gemachten Geschenke.
„Der Leser möge aber nicht vergessen, daß ich in Betreff der
„Wohlthätigkeit Pius IX. mehr verschweige, als erwähne,
„da mir das Verzeichniß seiner Wohlthaten, so wie die Muße
„und die Mittel fehlen, es zu fertigen. Ich habe schon gesagt,
„und wiederhole es, daß Papst Pius IX. an Almosen wohl
„jedes Jahr an einer Million — ja fast alle seine Einkünfte
„vertheilt". *)

Mein lieber Leser! solltest Du aus diesem Buche einigen
Trost und einige Erbauung geschöpft und dadurch deine Liebe
zum Oberhaupte der Kirche Christi sich gemehrt haben —
so sei auch des Verfassers im Gebete eingedenk — vor
Allem aber sage ich Dir: Entblöße Dein Haupt
so oft Du das Bildniß des Papstes Pius IX.,
des Statthalters Jesu Christi erblickst und
danke und preise Gott, daß Du einer Kirche an=
gehörst, die ein so geheiligtes Oberhaupt hat!

Darum — o Christ — wenn Du siehst und hörst, wie
man heutzutage Pius IX., den Nachfolger des heil. Petrus,

---

*) Margotti: Siege der Kirche in dem ersten Jahrzehent des
Pontifikates Pius IX. 2. vermehrte Aufl. A. d. Ital. von
PP. Gams, O. S. B. Innsbruck, Wagner 1860. S. 377—379.

wie einst Jesum Christum, falsch anklagt, verhöhnt und ver=
folgt — oder vielleicht gar ihn wie Petrus ans Kreuz schlägt
— so werde nicht kleinlaut, und verzage nicht, sondern vernimm,
was ein geweihter Mund erst unlängst gesprochen:

„Der Sturm ist entfesselt, die Fluthen der
Revolution steigen, und sie werden noch mehr
und so hoch steigen und so gewaltige Verhee=
rungen anrichten, daß Gläubige und Ungläubige genö=
thigt sein werden, die Hand Gottes darin zu erkennen."
So sprach der heil. Vater kürzlich zu einigen Cardinälen, die
ihn um seine Ansicht über die gegenwärtige Lage der Dinge be=
fragten. Pius IX., der Mann des Leidens und des Gebetes,
sieht klarer als irgend Jemand sonst in jetziger Zeit, was
die Zukunft ihm bringen werde; er ist darin dem Heiland ähn=
lich, der am Oelberg die schweren Leiden auf Golgatha und
die noch schwereren voraus sah, welche der Undank gegen sein
Erlösungswerk Ihm in Folge der Zeit bereiten würde. Aber
Pius IX. sieht auch nach dem Leiden den Triumph, nach dem
Kampfe den Sieg der Kirche, und darum ist er ruhig und ver=
trauensvoll. Sein lebendiges Gottvertrauen ist es allein, das
ihn aufrecht erhält, und er hätte vielleicht in der ganzen ge=
genwärtigen Verwirrung keinen Schmerz, wenn nicht seinem
väterlichen Herzen die Verirrungen so vieler seiner Söhne, die
sich blindlings in das ewige Verderben stürzen, das bitterste
Leid bereiten. Seine heitere Ruhe hält auch das Vertrauen der
Zaghafteren unter seinen Unterthanen noch aufrecht, und sie
haben zur Zeit noch den Muth, ihm ihre Treue und Anhäng=
lichkeit zu zeigen. Als ihm heuer am Jahrestage seiner Krönung
(21. Juni) unter andern die palatinische Garde eine kostbare
Tiara (d. i. die päpstliche dreifache Krone) zum Geschenke
machte, sprach er, selbe auf dem Haupte, Folgendes zu den

anwesenden Cardinälen: „Die Tiara ist das Zeichen
der dreifachen Gewalt, welche Gott seinem
Stellvertreter auf Erden anvertraut hat. Wehe
dem, der die Kühnheit hat, sie anzutasten! Ich
werde ihm zwar nicht fluchen, aber von dem wird
er verworfen, welcher die göttliche Rache in den
Handen hält, und der seine Kirche nie verließ."

Gott segne den Papst!

Inhalt.

	Seite
1. Großmuth Pius IX.	1
2. Bewunderungswürdige Freigebigkeit Pius IX.	2
3. Das Mittagmahl des Papstes und die Küche der Königin von England	4
4. Pius IX. und die jungen Proletarier	6
5. Der Papst und der Schulknabe	8
6. Pius IX. und der Büßer am Sterbebette	9
7. Der heil. Vater Pius IX. und die vier Bauern in Frankreich	10
8. Pius IX., der päpstliche Samaritan	11
9. Pius IX. und der Jude	12
10. Pius IX. und der Diener Domenico Guido	13
11. Papst Pius IX. und der Schiffer Bako	14
12. Der heil. Vater und der Versehgang	15
13. Pius IX. und das Stubentlein	16
14. Der Papst und der arme Schuhflicker	18
15. Pius IX. und die Mörder	20
16. Pius IX. und der arme Knabe	21
17. Der Papst und der Bauer	23
18. Papst Pius IX. und der merkwürdige Dieb in seinem eigenen Hause	—
19. Papst Pius IX. und der katholische Mann und die protestantische Frau	26
20. Der Papst und die zudringliche Bittstellerin	27
21. Papst Pius IX. und die reiche Erbschaft	28
22. Der Papst und der Gefangene	29
23. Pius IX. und die deutschen Pilger	32
24. Der heil. Vater und die Audienz eines Wieners	33
25. Pius IX. und die Gesandtschaft aus Abyssinien	35
26. Der heil. Vater und die Cholerakranken	37
27. Pius IX. und der Beamte	38

28. Papst Pius IX. und der Advokat 38
29. Der Papst und der Soldat 39
30. Pius IX. und die Hundert Offiziere 40
31. Papst Pius IX. und das österreichische Offizierkorps in Loretto 43
32. Der heil. Vater und der „Festtag" aller Nationen 45
33. Der Papst und die erste heilige Kinder=Kommunion . . . 47
34. Pius IX. und der Bildhauer 49
35. Pius IX. und die Wienerin 52
36. Papst Pius IX. und die Prophezeiung 57
37. Pius IX. und eine merkwürdige Krankenheilung 58
38. Papst Pius IX. und die Excommunication 59
39. Der heil. Vater und die Pilger aus allen Welttheilen zu
    Jerusalem 62
40. Pius IX. als Beschützer treuer Liebe 66
41. Papst Pius IX. und ein preußischer Pilger 68
42. Pius IX. ein Kinderfreund . . . . , . 69
43. Papst Pius IX. und der Bürgermeister 70
44. Pius IX. und der Bürger von Imola 74
45. Pius IX. und die Transtaveriner 75
46. Pius IX., sein Tisch und sein Reichthum 76
47. Papst Pius IX. und das goldene Kreuzchen eines jungen
    Mädchens 78
48. Der heil. Vater und die bulgarische Deputation 79
49. Papst Pius IX. und Kaiser Napoleon III 81
50. Pius IX. und der französische Gesandte 83
51. Der heil. Vater und der Landmann 84
52. Der Krankenbesuch des heil. Vaters 85
53. Pius IX. und sein Aufenthalt in Porto d' Anzio . . . 87
54. Pius IX. und die piemontesische Kriegsflotte 88
55. Pius IX. und der alte Benefiziat . . . . —
56. Der heil. Vater und der polnische Bauer 89
57. Der heil. Vater und die Volksdemonstrationen in Rom . . 90
58. Pius IX. und die Römer 93
59. Der heil. Vater und die Audienz am Osterfeste 95
60. Papst Pius IX. und Kaiser Ferdinand von Österreich . . 96
61. Papst Pius IX. und König Max von Baiern 97

Seite

62. Pius IX. und die katholischen Bewohner von Berlin. . . 97
63. Papst Pius IX. und die napoleonische Schaukelpolitik . . 98
64. Der Papst und der Bischof 100
65. Papst Pius IX. und die Protestanten 101
66. Papst Pius IX. und die Böhmen 102
67. Die mächtigsten Streiter für Pius IX. 106
68. Papst Pius IX. ein Fels mitten im Wogendrange der Zeit . 115
69. Pius VI. und Pius IX. 116
70. Papst Pius IX. und seine Bitte an die gesammte Christenheit 120
71. Wie wird es dem Papste jetzt ergehen? 127
72. Pius IX. „crux de cruce", Kreuz vom Kreuze 133
73. Das Lied vom Kreuze 134
74. Die Messe des heiligen Vaters 135
75. Pius IX. 142
76. Rom 143
77. Roma hoch 144
78. Die Katholiken 146
79. Der St. Peters-Pfennig 147
80. Streiter Christi — auf zum Streite 148
81. Die päpstliche Hymne 150
82. Gott segne den Papst . . . . , . 151
Schlußwort an den Leser 153

—◇◇◇—

Druck von A. Pichler's Witwe & Sohn.